シェアハウスで再会した元カノが迫ってくる

くろい

ファンタジア文庫

3047

口絵・本文イラスト　にゅむ

プロローグ

ある日、彼女との同棲《どうせい》が上手《うま》く行ってない中、彼女が浮気《うわき》しているのを目撃した。
仲が険悪になり始めており、別れた方が良《い》いのかと思っていた矢先のことだ。
別れよう。浮気されていたという事実は、俺に覚悟をさせるには十分すぎた。
まだ彼女のことが好きだ。
裏切られた原因は俺にもあると自分に言い聞かせるくらいには好きである。
それくらい好きな彼女と喧嘩《けんか》して別れたくなかったからこそ、俺は……。
別に何かを問い詰めることはしなかった。
だって、好きな相手と喧嘩してさよならなんて悲しいだろ？
そう思っていたのだが、結果は大失敗だった。

どこか落ち着かない日々を送っている。

こうなるんだったら、ちゃんと問い詰めた方がマシだったと何度後悔したことか。

いつまでもうじうじと時間を浪費したくないからこそ、気持ちを入れ替えるべく、彼女と住んでいたアパートを引き払い別の場所へ引っ越すことを決意。

今、まさに引っ越してきた部屋に辿《たど》り着《つ》いたばかりだ。

「よしっ、心機一転頑張らないとな」

まあ、気合を入れる理由は彼女への未練を消し去る以外にもある。

何故《なぜ》なら、俺がこれから暮らす新しい住居は、

――シェアハウスなのだから。


「そろそろ行くか」

まだ引っ越し業者が来るまで時間がある。

そのことをシェアハウスのオーナーである管理人さんに伝えた。

そしたら、業者が来るまでの間、改めてシェアハウスを紹介してくれるそうだ。

有難《ありがた》いのでそのお言葉通りに説明を受けるため、待ち合わせ場所である共用スペースの

リビングへ向かう。

「お待たせしました」

「いえいえ、それではこのシェアハウスについて説明と行きましょう！」

案内してくれるのは早乙女《さおとめ》日和《ひより》さん。

柔らかい印象を覚える優し気な顔。加えて、その雰囲気に合う落ち着いた服装。

まさしく年上のお姉さんと呼ぶのにふさわしい女性だ。

手始めに案内されたのは、シャワー室に繋《つな》がる脱衣所であった。

「ここが脱衣所です。この扉を開けるとシャワー室があります。シャワー室の扉には鍵がありませんので、脱衣所の方にある鍵を締めてください。湯船に浸《つ》かりたい場合は近くに銭湯がありますね。私はゆっくりしたいときによく行きますよ」

「なんで浴槽ってないんですか？」

「水道代とガス代が高くなります。一人当たりが使う時間がシャワーに比べると長くなり、お風呂《ふろ》を使う時間帯で揉《も》め事《ごと》が起きやすくなるのも理由ですね」

言われてみれば、引っ越し先としてシェアハウスを探していたとき、お風呂が付いてないとこが多かった気がする。

うんうんと相槌《あいづち》を打ちながら、引き続き日和さんの説明に耳を傾ける。

「シャワー室は、まあ見ての通りですが、脱衣所は説明しなくちゃいけないことがあるので説明させてください。まず、脱衣所にあるこの洗濯機ですが、夜は回さないこと、回すなら21時まで。その間でしたら自由に使えます」

ふと、洗濯機の近くにある棚に目が行ってしまう。そこには衣類用の洗剤が幾つか並んでいる。容器には名前が書かれておりどれが誰のものかが一目瞭然だ。

「洗剤は自分で買って名前を書き、ここに置いといて良いんですか？」

「はい。ちなみに他の人のでも許可を取れば、別に使っても大丈夫ですからね」

説明を受けていると、いきなり脱衣所の扉がガチャリと音を立てて開いた。

「あれ、お姉ちゃんと……あ、もしかして新しい住人さんですか？」

一目見て、懐《なつ》かしさがこみ上げる俺の通っていた高校の制服。まだあどけなさが残る可《か》愛《わい》い顔。物怖《ものお》じしないハキハキとした声。学校で同じクラスだったら、まず間違いなく可愛いと言ってしまうだろう女の子がやって来た。

あれ？　シェアハウスって高校生が住めるものだったっけか？

疑問に思っていると日和さんが見透かしたかのように口を開く。

「この子は早乙女《さおとめ》小春《こはる》。私の妹です。高校生ですが、私という保護者が居るのでこのシェアハウスに住んでます」

「私は高校生ですが、シェアハウスに住んでいるちょっと特別な子なのです！」

「こら、小春。初対面の人にいきなり馴《な》れ馴れしくしないの！」

「は〜い。すみませんでしたっと」

　二人のやり取りがひとしきり終わった後、俺はちゃんと名乗る。

「初めまして、加賀《かが》悠士《ゆうじ》です。よろしくお願いします」

「嫌ですね〜。私の方が年下なんですから敬語なんて使わず、どっしりと構えてくださいよ。という訳で、次は私ですね。早乙女小春、4月からJKやってます。気軽に小春ちゃんって呼んでくださいね！」

　顔を覚えて貰《もら》おうという意図なのか、距離を詰め近づいてきた小春ちゃん。急に迫られるのは得意じゃない。でも、不思議なことに慌てることもなく自然と返事をしていた。

「よろしく。小春ちゃん。これで良いか？」

「はい！　それじゃよろしくで〜す。そして、すみません。汗だく過ぎてすぐにシャワー使いたいので、ちょっと外して貰えませんか？」

「小春。ちょっとくらい我慢しなさい」

「え〜、だって、汗でベタベタなんだからしょうがないじゃん。それに、悠士先輩に汗臭い子って思われちゃ困りますし！」

いきなり下の名前で呼ばれたせいか、少しドキッとする。

小春ちゃんは見るからに汗だくだ。意地悪で脱衣所を占拠する気もない。

なので脱衣所から出たのだが、閉めたはずの扉から小春ちゃんはちょこんと顔を出す。

「覗《のぞ》いちゃダメですからね？　まあ、鍵を掛けちゃうので覗けませんけど」

言い切るや否《いな》や、すっと顔を扉から引っ込め、すぐに脱衣所の鍵が締まる。

横を見ると、はあ……とため息を吐《つ》く姉の日和さんがいた。

「小春がお騒がせしました」

「いえいえ。親しみやすいですし、嫌いじゃないですよ。まるで自分の妹みたいで」

「妹さんがいるんですか？」

「小さいときにそれらしき関係の子がいただけです。本当の妹はいませんよ。あと、性格も全然違いますすね」

「なるほど。さて、シャワー室と脱衣所の使い方も説明はひとまずこのくらいにしておきまして、お次はキッチンでもと思ったんですが……。小春以外の住人も、ちょうどお部屋にいると思うので挨拶しちゃいましょうか」

小春ちゃんと出会い挨拶を交わした。

せっかくだし他の住人とも挨拶をしてしまおうという訳だな。

俺と日和さんは階段を上り、2号室と書かれた部屋のドアの前に辿り着く。

「すみません。龍雅《りゅうが》君。今、ちょっと大丈夫ですか～」

足音が聞こえてくる。ほどなくして、呼びかけられた住人が扉を開けた。

「やあ、日和さん。どうしたのかな？」

なで肩のおかげか柔らかい雰囲気。

優し気な目とすっきりとした鼻で凄《すご》く顔立ちが整っている。

ややサイズの大き目なTシャツをちゃんと着こなしており、俺でも分かる程に、女子受けしそうな男の人が出てきた。

「引っ越してきた子がいるので、挨拶しにきました」

「そういえば、今日だったっけ。日和さんの横にいる人であってるかい？」

「はい。この子が新顔さんです」

「初めまして、加賀悠士です」

「うん。よろしく。僕は朝倉《あさくら》龍雅。大学3年生だよ。いや～、ちょうど男の住人である神《かん》田《だ》くんが短期留学に行っちゃってて、シェアハウスに男手が無くて心細かったんだよ。加賀くんが来てくれて助かったかな」

差し出された手を握る。朝倉さんの握手は力強く男らしい。この人、絶対モテるタイプだろうな。と思っていたら、ついつい話題が色恋に傾いてしまった。

「あわよくば、ここに出会いを求めてるんですけど、実際のとこはどうなんですか？」

「コミュニケーション重視と謳《うた》っているこのシェアハウスは小規模。過度な期待はしない方が良いと思うよ。このシェアハウスの住人は留学中の神田くんと加賀くん、後は、女性だけっていうこぢんまりしたシェアハウスだしさ。残念だったかな？」

「おまけ程度にと思っていたので、別に期待はして無かったので大丈夫です」

「それなら良かった。あ、勝手に加賀くんって呼んじゃってるけど、問題はないかい？」

「え、あ、平気です。俺はえ〜っと、なんて呼べば？」

朝倉龍雅さんのことをどう呼べばいいのか分からない。

相手に判断を任せてみると、こう言ってくれた。

「朝倉先輩とでも呼んで貰おうかな。これからよろしく」

再び俺の前に差し出された朝倉先輩の手を取る。

「よろしくお願いします。朝倉先輩」

朝倉先輩と話すのを終えると、管理人さんはニコニコと俺の方を見ていた。

「私も管理人さんではなく、気さくに日和さんと呼んで良《い》いですからね」

「あ〜、確かに管理人さんって他人行儀ですもんね。あと、早乙女さんってこの家に二人

います し。せっかくなので日和さんって呼ばせて貰います」

「はい。ありがとうございます。私は管理人としてお声掛けするとき以外は、住人の子を、くん、または、ちゃんの、似合いそうな方で呼んでるんですけど、それでも良いですか？」

「あ、大丈夫ですよ」

「それじゃあ、加賀ちゃん。いえ、加賀君の方がしっくりきそうなので、加賀君と呼ばせて貰いますね。おっと、まだ管理人としてご案内中なので、今は加賀さんと言っておきましょうか。次にご案内する子はちょうど2週間前に引っ越してきたばっかりの子です。とはいえ、2週間経《た》ってるので大分慣れてきましたけどね」

心機一転出来そうな新しい何かがこのシェアハウスにはある。俺はそう確信していた。

順調な滑り出しを見せそうなシェアハウスでの暮らし。

彼女と別れてから、うだつの上がらない気持ちを払拭《ふっしょく》できそうだ。

さてさて、次で取《と》り敢《あ》えず今住んでる最後の住人。どんな人なんだろうな……。

期待に胸を膨らませ、案内してくれる日和さんの後を歩き別の部屋の前へ。

「日和です。真冬《まふゆ》ちゃん。ちょっとお時間良いですか？」

扉越しに日和さんは4号室の住人へ声を掛ける。

「大丈夫だけど……」

覇気は感じられないがどこまでも響きそうな透き通った声。

その声を聞いた途端に、汗が噴き出してきた。

まふゆと言う名前なんてありきたりだ。

そ、そんなわけないよな?

「新しい住人さんが引っ越してきたので、挨拶しにきました」

「あ、そっか。今日だったっけ。ちょっと髪の毛、整えるから待っててね」

顔はまだ見えない。だけど、俺の中で嫌な予感は膨らみ続けていく。

ドクンドクンと心臓が張り裂けそうになるくらいにうるさい。

「あ、面談の時に入居理由が『彼女と別れたから、その未練を断ち切るために出会いを求めて引っ越した』ってお方ですよ。ふふっ、聞いたとき、真冬ちゃんとそっくりな理由でびっくりしちゃいましたよ」

まふゆなんて名前はよくある名前だし、シェアハウスに住む理由も彼女と別れて未練を断ち切るため。そんな理由もごく普通のありふれたもののはずだ。

「そうなんだ。それじゃあ仲良くなれるかも」

髪の毛を整え終わったのか、扉を開け部屋から出てきた4号室の住人。

そして、すぐに目が合った。

「か、加賀悠士です」

黙ってはダメだ。気が付けば反射的に名乗っていた。

家族以外で一番俺という男について詳しいであろう者へ。

「ひ、氷室《ひむろ》真冬です」

より一層噴き出る汗にまみれた手を握り締めながら、必死に俺を押しつぶそうとする感情の波に耐える。

いや、本当にこの状況どうすれば良いんだよ……。

「……」「……」

無言で睨《にら》み合《あ》う俺らは静寂を作る。それを打ち破ったのは日和さんだった。

「おや、もしかしてお知り合いでした？」

ちょっと間を作ってしまうも、俺は堂々と言ってやった。

「いえ、違います！」「うん、違うよ？」

実際は目の前にいるこいつと俺は知り合いどころか、もっと深い仲だった。

しかし、知り合いじゃ無いと否定するのも無理はない。

だって、目の前に居るこいつと俺は、
——少し前まで恋人だった。
断ち切りたい未練の塊である元カノ、氷室真冬。
まさかのシェアハウスでの再会だ。
俺の顔をやたらと不機嫌そうに見つめてくる元カノ。
そんな彼女の姿は、俺と付き合っていたときと少し違う。
付き合っていた当時は肩にかかるセミロングの黒髪だった。
だけど、今俺の前に現れた氷室真冬はボブヘアー。
好きになった時の髪型と似ており、それが俺の未練をさらに膨らませていく。

俺のシェアハウス生活は一体どうなるんだ？

1章　元カノとの再会

気持ちを入れ替え、新しい生活を始めようと思い引っ越したはずだよな？

これは一体何なんだ？　っと、取り敢えず挨拶しとこう。

「どうも、初めまして」

「こちらこそ、初めまして」

「これからよろしくお願いします」

「うん、よろしく」

ガチガチに緊張し単調な受け答えを繰り返す。

不自然に思われないようにそれを30秒くらい続けた後、俺はさっさと会話を終わらせる。

「それじゃあ。改めてよろしく。氷室《ひむろ》さん」

「こっちこそよろしく。加賀《かが》君。それじゃあ日和《ひより》さん。私は部屋に戻るから」

「はい。真冬《まふゆ》ちゃん。お時間ありがとうございました」

日和さんが話し終えると、真冬は自分の部屋にすっと引っ込む。

ひとまず、去った危機にほっと胸を撫《な》で下《お》ろす。

「ふぅ。後は短期留学に行ってる神田《かんだ》さん？　っていう人だけですよね」

「そうですよ。たしか、夏休み中に帰ってくるそうです」

このシェアハウスの住人である神田さんと会うのは相当先になるようだ。

挨拶も終え、リビングに戻ろうとする中、横を歩く日和さんが気さくに笑った。

「真冬ちゃんと話していた時、ガチガチに緊張してましたね。もしかして、意外と好みのタイプですか？」

俺の痛いところを突いてくる。そりゃ、恋人だったし普通にタイプだ。

「あはははは、全然好みじゃないですよ。あんな胸無し女」

強めの否定をしながら大げさに笑う。あ、しまった。

さすがに胸無し女は言い過ぎた……。案の定、日和さんは少し俺を怒る。

「こらっ。本人がいないとはいえ、言葉を選ぶこと！　まったくもう。シェアハウスの同じ住人の事を悪く言っちゃダメですからね！　酷《ひど》いと強制退去です！」

「すみません」

怒られて当然。真冬が俺の恋人だったことは日和さんが知る由《よし》もない。

衝撃を抱えたまま、日和さんによるシェアハウスの案内は続くと思いきや。

リビングに辿《たど》り着《つ》いたとき、日和さんは時計を見た後、俺に言った。

「ちょっと休憩しましょうか」

「いや、大丈夫ですよ？」

「新しい人と挨拶して不安な感じがビンビンですよ？」

優し気に笑ってくれた日和さん。新しい人との出会いを不安に感じていると思われているようだ。むしろ逆の理由で不安なんだがな。

「まあ、そういうことなら……」

「新しく出会った人達と仲良くなれるか分からず、さぞ心細いでしょう。なので、ちゃちゃっと私と仲良くなっちゃいましょう。休憩がてらのプチ親睦会です。今、お菓子とジュースを用意しますね。座ってください」

リビングの隣にあるキッチンに備え付けられたダイニングテーブル。そこに半ば強引に座らせられる。日和さんはジュースを用意するため、冷蔵庫の前に立ったのだが、俺を手招きで呼ぶ。

「やっぱり休憩に入る前に、ちょっとだけキッチンの案内をしちゃいましょう。ペットボトルの蓋を見てください。日という字が書かれてますよね」

「もしかして、日和さんの日ってことですか？」

「そうです。冷蔵庫を使う場合は、誰のものか分かるように名前を書いてください。ちなみに書いてないと、私の妹である小春《こはる》がよく勝手に食べて、食べちゃったのでお金払いますね～って、感じで食べ物がお金に換わることがあります」

「お金はちゃんと払うんですね」

「しかも、買ったときの金額よりも多い金額を渡してきます。謝るときも愛嬌《あいきょう》がある。そのせいで、誰もが怒るに怒れなくなっちゃうんですよ？」

「ははは……。ちょっと話しただけでも、なんとなく世渡り上手だなって思ってました。やっぱり、本当にそういう子なんですね」

「怒られない程度に人をからかうのが得意なので、おそらく加賀君も普通に弄《いじ》られちゃうと私は思ってます」

「そう簡単にやられませんって」

「そうでしょうか？　あの子、結構手ごわいですよ？」

とまあ、そんな風に日和さんと話していたら、小春ちゃんが現れる。

「おや、お姉ちゃんと悠士《ゆうじ》先輩。ご案内は終わったんですかあ？」

シャワーを浴び、制服姿からパジャマに着替えた小春ちゃん。

少し暑いのかボタンが割と下の方まで外されており、ちょっと目のやり場に困る。

「あ、悠士先輩。今、胸元を見ましたね？」

面白いものを見たと笑う小春ちゃんは俺に詰め寄ってきた。

で、俺の胸をつんつんとわざとらしく指で突《つつ》いてくる。

「悠士先輩のす、け、べ！　もう、エッチな目で私を見ちゃダメですって～」

やたらと馴《な》れ馴れしくからかわれた。横で見てる日和さんはクスリと笑っている。

ほら、やっぱりと言わんばかりに。

「さて、お近づきのしるしに、これどうぞっと。じゃ、失礼しますね～」

小さいパックジュースを冷蔵庫から二つ取り出し、一つを俺にくれた。

なるほど、確かにこれはからかう達人だ。アフターフォローが完璧すぎる。

「ふふっ。弄られちゃいましたね」

「ですね。でも、なんというか、馴れ馴れしさの中に、ちゃんと気遣いもあって、嫌われないようにフォローもしっかりしてて……。ほんと、可愛《かわい》い性格ですよ」

「前はあんな子じゃ無かったんですけどね。昔は暗くて引っ込み思案。それを変えたくて、あんな風なキャラに……。困ったものですよ」

よくわかる心配だ。ああいうキャラって嫌いな人は超嫌いだからな。

かく言う俺も得意じゃない。けど、小春ちゃんは大丈夫なのが不思議だ。

「いつか痛い目に遭っちゃいそうなのが姉として心配なんですよ……」

「勝手に勘違いしちゃう男って多いですしね」

「あれはあれで、愛嬌があって私は良《い》いと思うんですけど、ちょっと危ない気もして……。ん～、本当にどうしたものかって感じです」

妹想《おも》いの日和さんはふと我に返り、キッチン周りの説明に戻る。

「冷蔵庫ですけど、袋に名前を書いて仕舞うのもありですよ。こんな風に」

真冬と書かれている袋を見付け俺の前に突き出してきた。

「名前を書かないとやっぱり誰かに取られちゃいますもんね」

短い間だが彼女と同棲《どうせい》をしていた。その際に冷蔵庫に入っている食べ物について、何度も何度も喧嘩《けんか》した。アイスをお風呂《ふろ》上がりに食べようと思っていたら食われていたり、飲み物があると思っていたのに、いつの間にか飲まれてたりしたのが原因だ。

「あ、その皮肉めいたお顔。冷蔵庫でトラブルを起こしたことがあるって顔ですね」

「あはは……。あ、このシェアハウスで冷蔵庫でのトラブルって起きたことは？」

「たまに起きますよ。私のデザート倒したでしょとか、熱々なものをすぐに冷蔵庫に入れたせいで、私のモノがぬるくなってるんだけど？　とか、色々です。でも、今の住人さん同士で、いざこざを起こしたのはまだ見たことありませんね」

「小春ちゃんも起こしたことがないんですか？」

名前が書かれていなければ、勝手に食べてしまう。

で、怒られないためにもちょっとだけ多めのお金を渡すことで、解決しようとする小春ちゃん。何だかんだで、多少はトラブルを起こしていると思っていたのにな。

「不思議なことにトラブルを起こしたことが無いんですよ。あ、私とはもちろん起こしますよ？　あの子、姉である私には本当に遠慮がないので」

それからキッチンの案内はすぐに終わり、俺の緊張を解くための、プチ親睦会兼休憩が始まる。ジュースでのどを潤し、一息《ひといき》吐《つ》くと気さくに日和さんが話しかけてくれる。

「どうですか？　シェアハウスでの生活は楽しそうに見えてきました？」

「はい。おかげさまで。取《と》り敢《あ》えず、日和さんが凄《すご》く良い人そうで安心しました」

一人でも面倒見の良い人がいてくれると勝手はだいぶ違う。

何かとお世話になりそうだし、日和さんとはきちんと接していきたいものだ。

問題は元カノが住んでいること。

さっさと引っ越すことも考えた。でも、引っ越したばかりで貯金は空っぽ。

親か社会人の姉に頭を下げなくちゃそれは叶《かな》わないし、怒られるのが少し嫌だ。

あと、普通に金銭的な迷惑を掛けたくないしな……。

なので、当面はここに住み続けなくちゃいけない。

本当に日和さんという親身な人がいるとわかっただけで、凄く気が楽になった。

「褒めても何も出ませんよ。で、他の子とはうまくやっていけそうですか？」

「それなりには大丈夫かなと」

元カノという障害のせいかやや苦笑い。ここは隠しきるのが共同生活を営む上での筋だと思うが、簡単に気持ちを整理できる程、俺は強くないようだ。

「苦手って感じる子がいたと。ずばり真冬ちゃんですね？」

「……何でそう思ったんですか？」

「そういう顔をしていたので。まあ、時間はたっぷりあります。真冬ちゃんとも、きっと仲良くなれますって」

親睦を深めるべく日和さんと話をしていたときだった。

「あ、真冬ちゃん。プチ親睦会中なんですけど、せっかくなので、真冬ちゃんも一緒に親睦を深めちゃいませんか？」

階段から降りて来た真冬を呼び止める日和さん。

傍《はた》から見てもぎこちない俺と真冬。それを解消するためのお節介だろう。

真冬を強引に捕まえ、ダイニングテーブルの席に着かせてしまう。

そして日和さんはというと……、俺達の間など取り持ってくれなかった。

「おっと、電話がかかって来たので、少しだけ失礼します」

日和さんは俺達を置き去りにして自室に消えて行く。

チクタクと壁掛け時計の秒針の音がやたらと大きく聞こえる。

目の前にいる真冬と互いに気まずくて喋《しゃべ》れない時間が続いた後、喉を潤すため日和さんが用意してくれたジュースを真冬は口に含んだ。

「ゲホッ、ゲホッ！」

真冬はジュースが変な所に入ったのかむせた。

手元も狂ってしまいジュースを盛大に溢《こぼ》して服を濡《ぬ》らし大惨事。

大丈夫か？　と思わず近寄る。

そうするのが自然だから気遣いしただけなのに、冷たい視線で睨《にら》まれてしまった。

「今更、私に優しくしたって、君とよりなんて戻さないから」

「人の親切を何だと思ってんだよ」

心配してやったというのに叩《たた》かれた憎まれ口。

やっぱり駄目だ。元カノが住むシェアハウス。引っ越せるお金が貯《た》まったら出て行こう。

たしかに同棲が上手《うま》く行かずに気まずくて顔を合わせづらかったのは事実だ。

でも、好きだった。普通に好きだった。浮気《うわき》されても好きなのは変わらなかった。

喧嘩して別れたくなかったからこそ『俺に何かを隠してるだろ？』なんて、聞かなかった。けど、そっちがそんな態度なら今度こそちゃんと問い詰めてやる。

覚悟を決めたのと同時だった。真冬がキツイ眼光を放ちながら俺を見やる。

「私は君がこっそり私以外の女の子と仲良くしてたの知ってるんだよ？　今更、私とやり直したいとか無しに決まってるんだからさ。優しくしたって無駄だよ？」

真冬から出て来た言葉は寝耳に水だった。

「は？　俺がお前以外の誰と仲良くしてたんだ？　浮気してたのはそっちだろ。だから、俺が別れようと言った時、都合が良いと思ってすんなり別れたんだろ？」

思わず強い口調になってしまう。

「え？　君の方でしょ？　早く新しい女と同棲を始めたい。一緒に住んでる私は用済み。それで私を追い出したんでしょ？」

そんなわけあるか。

ああ、もうわかった。こうなったら徹底抗戦と行こうじゃないか。

「お前が俺を裏切ったんだろ？」

「君が私を裏切ったんでしょ？」

いがみ合う俺達が疎遠になったのはだいたい1ヶ月前。

こんな事態が起こるとは思いもしなかった。

俺が浮気してただって？

そんなことできるような男じゃないのは、お前が一番知ってるくせに何を言う。

そして、自分の誤りを認めない性悪女に言ってやった。

「じゃあ、お前の言い分をきちんと聞かせて貰《もら》うけど良いのか？」

「良いよ。ちゃんと話してあげる。そっちこそ私にびびって逃げないでよ？」

バチバチと火花を散らす。

話し合いを始める前、ひとまず俺達は溢したジュースを綺麗《きれい》に掃除し始めるのだった。

2章

元カノと未練と勘違い

　約1ヶ月前とちょっと、元カノである真冬《まふゆ》の浮気を目撃した。

　春先から始めた同棲も上手く行ってなかったし、関係に区切りをつける良い機会だと思い俺は別れ話を切り出した。

　だというのに——

『浮気してたのは君でしょ？』と言われた。

　謎が謎を呼ぶ中、事の顛末《てんまつ》を早く知りたい俺は、ジュースを浴びてしまいベタベタになった真冬がシャワーを浴びて戻ってくるのを待ち続ける。

「お待たせしました。あれ？　真冬ちゃんはどこへ？」

　先刻の電話から戻って来た日和《ひより》さんは、真冬がどこへ行ったのかと不思議そうにしている。変にどこに行ったかを誤魔化す必要は無いよな。

「ジュースを溢して体がベタベタになったのでシャワー中です」

「なるほど」

と話していたら、シャワーを浴びていた真冬が戻ってきた。

「ごめん。日和さん。ジュース溢した。コップとかは割れてないから安心して。一応、溢しちゃった場所は綺麗にしたんだけど大丈夫そう？」

「見た感じ汚れてませんし、除菌スプレーもしてあるっぽいですし大丈夫ですよ」

「そっか。それで、電話はいいの？」

「あ～、また折り返し掛かってくるそうです。すみません。加賀《かが》さん。シェアハウスの案内とプチ親睦会は中断させてください」

軽く頭を下げて謝る日和さん。シェアハウスの案内が中断されたのはむしろ好都合だ。真冬とのいざこざを解決したくてしょうがないんだから。

「いえ気にしないでください。それじゃあ、俺はまだ引っ越し業者が来るまで時間があるので、自分の部屋に引っ込んでますね」

「ほんとすみません。あ、そう言えば今日は、加賀さんの歓迎会をするつもりなので、夜ってお時間はありますか？」

「大丈夫です」

「それでは準備が出来たらお呼びしますね。っと、電話が掛かってきたので失礼します」

再び掛かってきた電話に出ながら、自室へ戻って行く日和さん。

そして、完全にその姿が見えなくなってから俺は真冬の方を見た。

「ここじゃあれだ。俺の部屋か、お前の部屋で話すか……」

「じゃあ悠士《ゆうじ》の部屋でお願い」

引っ越し業者がまだ来ていないため、何の家具も置かれていない俺の部屋。

そこで俺と真冬は座りもせず立ち話を始める。

真冬の中では、俺が誰か他に好きな人ができたから、真冬と別れたくて別れようと言ったことになっているらしい。

そんなわけがあるか。真冬のことが忘れられずに未練タラタラなくらいに好きだ。

それに見た目こそ、最近は張り切っているが、中身は陰キャ寄りのオタク。

真冬以外の女の子に手出しするなどという大それたこと、俺ができる訳がない。

どうして俺が浮気したと決めつけてるのか分からない。

一方俺は真冬が浮気したのをしっかりと見ている。

責任転嫁《てんか》されてるのに苛立《いらだ》ちながら、真冬の浮気現場の記憶を呼び起こす。

＊

——とある日の大学の講義が終わった後のことだ。
俺は大きな書店で漫画を買うために歩いていた。
書店までの通り道にある喫茶店。そこのテラス席で信じられない光景が広がっていた。
付き合っているはずの彼女が俺以外の男と楽し気に話しているのだ。
もちろん俺の知らない男だ。
真冬は笑顔。その笑顔はよく知っている。かつて、俺にも向けられていたのだから。
ああ、そうか。もしかして……
「浮気されてるのかなあ……俺」
怒りよりも悔しさがこみ上げてくる。
彼女に見限られる。それが別におかしな状況じゃ無いせいだ。
この春、俺は彼女である真冬と寝食を共にし始めた。
最初の頃こそ、上手く行っていたが最近は細かな言い争いが絶えない日々。
喧嘩《けんか》したくないからどうすれば良い？　と姉に相談しているが、あまり効果はないまま時間だけが過ぎている。きっと文句ばかり言う俺に愛想《あいそ》を尽かして、俺の知らない男と楽しくお喋りをしてるんだろう。

潮時だ。真冬と付き合い始めてからだいぶマシになったが、オタクで陰キャな俺が夢見る時間は終わりなんだろう。

好きとは言え、顔を合わせるのが気まずくてしょうがない今。

これ以上関係を続けるのもどうかと思っていた。

こうして、俺は別れを決心する。

真冬が見知らぬ男とお茶してる現場を見てから1週間後。

これからについて色々と話したいと俺は真冬をカフェに呼びだした。

「お待たせ。これからについて話したいってどういうこと?」

「俺達がこれから上手くやっていける未来が見えない」

揺さぶる。ここで食いついてこないのであれば……終わりにしよう。

「そっか」

ほれ見たことか。彼氏なんて放っておいて、他の男と楽し気に話すくらいだ。

俺に別れようと遠回しに言われようが、何の未練もないよな……。

だとしたら、俺がすべきことはもう決まっている。

「別れよう」

好きな人ができたから別れよ？　と言われ、捨てられる前に俺は彼女に決断を迫った。

恐る恐る俺は真冬の顔を見る。やや冷たい感じに見える顔で真冬は俺に淡々と告げた。

「うん。そうだね。おしまいにしよっか。私も同棲《どうせい》が失敗してるのが苦しかったし」

高校2年生の頃から付き合っていた彼女との関係は終わりを迎えた。

別れると決めた後、すぐに真冬は荷物を纏《まと》めて出て行く準備を進める。

部屋の契約は俺名義。何かあったら出て行くのは真冬だ。

荷物を持ち、去り際に憎たらしい言葉を残して俺の前から消えて行った。

「次、一緒に住む人とは、上手く行くと良《い》いね」


――っていうことがあった。今でも思い出すと心が苦しくなる。

なのに、俺の気持ちを知ってか知らずか、真冬は『浮気したのは君でしょ？』だと？

俺は皮肉めいた物言いで目撃した浮気現場の様子を真冬に話す。

「で、お前は喫茶店で楽しそうにお茶してた男とは仲良くやってるのか？」

「ん？　もしかして、宗近《むねちか》くんのこと？　あれ以来、なんも話してないよ」

ほれ見たことか。宗近くんだなんて親し気に呼びやがって。

やっぱり俺に隠れて男と仲良くしてたのに何を言う。って、待った。

「あ、あれ以来、あいつと話してない？」

「宗近くんはたまたま用があって都会に遊びにきた従弟《いとこ》だし。久しぶりに話したいって呼ばれちゃっただけ。で、呼ばれて行ってみたら、彼女さんに何をプレゼントしたら良いか相談された。相談に乗ってやったのに、あれ以来すっかり連絡はないのがほんと酷《ひど》いよね」

あれ？　もしかして、真冬って浮気《うわき》してなかった？？？

いやいや、従弟とは普通に結婚できるし、きっと惚《ほ》れてるはずだ。

でも、宗近くんとやらに、か、彼女がいるだって？

考えが追い付かない中、真冬は俺に悪びれる様子は一切なく話を続けた。

「あの時は久々に昔話で盛り上がっちゃったよ」

仮に浮気じゃ無かったとしよう。だが、同棲が上手《うま》く行かず気まずくなって別れた。

そ、それは変わらない事実だ。

浮気だと早とちりしたことが原因じゃ無い……はずだ。

勘違いをすんなり認めることができず狼狽《うろた》え気味な俺に真冬は聞く。

「ところでさ、君は最近元気にやってるの？」

「お前と別れた割には元気だったんじゃないか」

調子が狂いっぱなしなのに見栄《みえ》を張る。

「違う。私以外の女の人と会ってたじゃん。その人と、元気にやってるのって話」

「ああ、優子《ゆうこ》のことか？」

「優子ってやっぱり……。君の方が浮気してたんじゃん……。で、どうなの？」

「やけに食いつくな。まあ、色々怒られたなあ。１ＤＫの部屋で同棲は止めとけって言ったでしょ？　って。ん？　待った。俺が優子と浮気してた？　そんなわけあるかよ。俺の６つ年上の姉だぞ？」

「へ？」

素っ頓狂な声を出す真冬。

真冬が俺と別れた理由は、姉である優子のことを浮気相手だと勘違いしてたから？

いやいや、そんなわけがあるはず……ないよな？

「あ、姉って本当なの？　でもさ、私に隠れるようにして会ってたじゃん……。本当は姉だってことは嘘《うそ》なんでしょ？」

「恋人と上手く行ってないって姉に相談しにいくのを彼女に言えるかよ。普通に恥ずかしいに決まってるだろうが」

「そ、そうなんだ……」

「なんだ？　まさか、本当に俺が浮気してるとでも思ってたか？」

「べ、別に？　そんなの、全然、思ってないし。ほんと、ほんと」

「顔に出てるのに？」

「き、君こそ、私が浮気してると思ってたんじゃないの？」

「はあ？　そんなことあるわけが、な、ないだろ」

じっと睨《にら》みあった後、どちらからともなく口を開いた。

「……悪い。お前が俺に隠れて浮気してると思ってた」

「こ、こっちも、そう思ってた。ごめん……」

気まずい。互いに浮気してると思い込んでいたのに、実際は違った。

1ヶ月後に知った真実が中々飲み込めない。

「別れ話を切り出したとき、すんなり受けいれたのは、俺が誰かとよろしくしてるとでも思ってたからか？」

事実を確かなものに変えるべく、ちらちら真冬の顔色を窺《うかが》いながらも聞いた。

真冬は小さく頷《うなず》いた後、恐る恐る口を開く。

「私が従弟の宗近くんと良い雰囲気だと思ってたから、君は別れようって言ったのかな？」

俺は首を縦に振って頷いた。

引っ越しが終わっていないため、殺風景な俺の部屋に静寂が漂う。

誤解を認め合い、互いに許し合えば俺達は元サヤに収まることができた。


ただし、それはもう少し早ければの話だ。


すでに別れてから1ヶ月も経《た》っている。

それまでの間、俺は真冬から遠ざかってたし真冬も俺から遠ざかっていた。

今でも好きだ。けど、問い詰めもせず、自分勝手に結論付けて逃げてしまった。

きっと、それは……気持ちが離れていた証拠なんだろう。

本当に好きだったら、もう少し何かしら行動していたに決まっている。

真冬が俺以外の男と楽しくしているのを目撃してようがして無かろうが、遅かれ早かれ俺達は破局していたに違いない。

それを告げるため、俺は皮肉めいた感じで言ってやる。

「お前が男と楽し気にしてるのを目撃したから別れようって迫った。それは事実だ。でも、結局は同棲が上手く行ってなかったのが、別れを持ちかけた決定的な理由だと思う」

「私もたぶんそう。一緒に、いるのが苦しくて……。心のどこかでもう良いやって思ってたと思う。だから、君に話を切り出されたとき、すぐに頷いた」

破局に至った根本的な理由は浮気じゃない。あくまできっかけだっただけ。

別れたのは、同棲が上手く行ってないところに理由があったと認め合う。

腑《ふ》に落ち切れてない所もあるが、真冬のことを敵視する理由はなくなった。

「俺達は別れた。それは変わらない。で、だ。取《と》り敢《あ》えず、今後の話と行こう」

「うん。それでこれからどうする、私達？」

「もう終わってるんだし、別にどうしようもないだろ」

「だよね」

「でも、シェアハウスに住んでる他の住人に変に気遣われたくない。お前は？」

「私もそこは同じ。仲良く暮らしてる人達の輪をかき乱したくない」

「それなら、お前と俺はここで出会った他人だ。それ以上でもそれ以下でもない。そんな感じでよろしくするだけ。お前を避ける理由もなくなったしな……」

真冬へ感じていた怒りや悔しさは収まった。

代わりにもっと得体の知れない気持ち悪い感情に苛《さいな》まれてるけどな。

「じゃ、私と君はここで出会った他人でよろしく」

「そういうことで頼む」

話に区切りがつくと逃げるように俺の部屋から去ろうとする真冬。

だがドアを開けるも、中々出て行こうとしない。

「どうしたんだ？」

「あのさ。私達は、シェアハウスで出会った他人だけどさ、ちょっと話したり、交流したりするのはＯＫだよね？」

「……まあ良いんじゃないか。一応俺達の破局は円満といえば円満だったわけだし」

互いの誤解も解けたことで、俺達が別れた理由は同棲が上手く行かなかったという一点のみになった。憎しみあってるわけでもないし、挨拶くらいは交わすのが普通だろう。

「ありがと。話しかけんなとか言われたら、どうしよって思ってた。それじゃ」

ガタンと俺の部屋の扉を閉め出て行った真冬。

まだ引っ越してきたばかりの殺風景な部屋で俺は嘆く。

「浮気してなかったのか……」

元カノへ抱いていた一番のもやもやとした部分。

それが勘違いであったことを知ったが、何もすることはできやしない。

二人の間は冷えかけていた。だからこそ、俺と真冬は元の関係には戻れない。

それは変わらない事実だというのに。

「なんで、真冬とまた恋人になりたいって思っちゃうんだろうな」

どうしようもなく馬鹿な俺は元カノのことが気になってしょうがなくなっている。

＊

真冬と話をつけた後、割とすぐに引っ越し業者がやって来た。

変な折り目が付くと不味《まず》いスーツを段ボールから取り出し、部屋にあるクローゼットに仕舞う。そのまま、流れるように他のものも荷解《にほど》きしているのだが。

どうも気が乗らない。4号室に住まう元カノのことが忘れられないせいだ。

よしっ。気晴らしだ。コンビニで飲み物を買ってこよう。

「あ、悠士先輩。どこ行くんですか？」

リビングの前を通ると、薄手のパジャマに着替えてごろごろしてる小春《こはる》ちゃんに声を掛けられた。

「ちょっと飲み物を買いにコンビニまで行ってくるつもりだ」

「それじゃあ、アイスを買ってきてください！　後で、お金を払うので」

「お、おう」

「あ、今こいつ、馴《な》れ馴れしいなって思いました？　その通りです。私こと、小春ちゃんは誰にでも分け隔てなく、馴れ馴れしい子なんですよ。でも、悠士先輩には、超特別で他の人以上に馴れ馴れしくしてるんですけどね！」

「俺が特別？」

「そうですよ。超特別です。ふっふっふ～。このシェアハウスって入居審査がありましたよね。お姉ちゃんが悠士先輩の書類審査をしているとき、私がこの人はちょっと根が暗いけど、大丈夫ですよ～って口添えする位には特別です」

「根が暗いって酷い言いようだな……。まあ、実際そうだから何も言い返せないけどさ。てか、なんで俺は特別なんだ？」

「ん～、内緒ですよ。ええ、内緒ですとも。それじゃあ、アイスよろしくで～す」

「ああ、行ってくる。で、なんで内緒なんだ？」

「すぐに教えたら面白くないですから内緒です。まあ、近いうちには教えますすって。私が悠士先輩に馴れ馴れしくする理由を！」

「教えてくれても良いのに。それじゃ、行ってくる」

「いってらっしゃーい！」

＊

引っ越してきたばかりなので土地勘はないが、コンビニがどこにあるのかは事前に把握済み。迷わずに辿《たど》り着《つ》き買い物を始める。

飲み物を数本。食料を少々。

小春ちゃんに頼まれたアイスを忘れず籠に入れてレジに並ぶ。

しかし、前に並んでいたのは元カノである真冬。

俺に気が付くと何とも言えない声をあげやがった。

「げっ」

「おい、げっとはなんだ。ちゃんとさっき話をしただろうが。シェアハウス内で、出会っただけの他人みたいに振る舞うって」

終わった関係。他の住人に気遣わせないため、赤の他人として過ごす。

そう決めたのに、まるで顔を合わせるのが気まずいかのように扱われた。

普通にちょっと傷つく。

「ごめん」

「ん、ああ」

顔を合わせただけでもどかしさが募って行く。洒落っ気のない格好をしている真冬。

でも、誰もが一目で綺麗《きれい》で可愛いと言うような美女。

元カノの可愛さは今も健在。もちろん中身も好きだったけど、それと同じとまではいかなかったが見た目も好みだった。

別れたとは言え、可愛い元カノが近くに居るとドキドキが止まらない。


コンビニで会計を終え店内を出る。


真冬もほぼ同時であった。顔を合わせた後、真冬は申し訳なさそうに口を開く。

「ちょっとだけ話そっか」

「仲良くする必要なんて別に無いだろ」

「喧嘩《けんか》別《わか》れしたんじゃないし、少しくらい良《い》いじゃん」

「……」

ぐうの音も出ない。

本当に浮気《うわき》されてたのなら、お前なんて知らねえよ！　と言えたんだけどな。

黙っていたら、真冬は肯定と見たのか俺に話し始めた。

「悠士……。ううん、違う。シェアハウスでは他人だよね。加賀君はさ、新しい出会いを求めてシェアハウスに引っ越してきたって、日和さんが言ってたけどさ。あれは事実？」

俺のことをぎこちなく加賀君と呼ぶ真冬に答える。

「おまけだ。おまけ。事実だけど、そこに重きは置いてない。お前と別れてから、いまいち調子が出ない。だから、環境を変えてみただけだ」

「そっか」

「日和さん曰《いわ》く、真冬……じゃなくて、氷室《ひむろ》さんも新しい出会いを求めてシェアハウスにやってきたって聞いたが？」

「ま、見ての通り、男との出会いなんて無かったよ。でも、君と同じで、新しい出会いなんて、おまけだから別に良いんだけどさ」

「てか、同棲《どうせい》が失敗したってのに、よくシェアハウスに住もうって思ったな」

「ん～、それは君も同じじゃない？　まあ、私は同棲が失敗したからと言って、誰かと住むのを過剰に嫌う必要はないかなって。君とは上手く行かなかった。でも、他の人とは、必ずしも上手く行かないとは言えないでしょ？」

臆病になってもしょうがないか……。俺は愛想笑《あいそわら》いを浮かべながら話を続けた。

「その辺はそっくりそのまま俺もだ。で、どうだ？　２週間前から住んでるんだろ？　上手く行ってるのか？」

「今のところはね。気づかされたよ。君との同棲がなんで失敗しちゃったかをさ」

苦々しく笑った真冬はそっぽを向いて俺から顔をそむけた。

「勝手に悠士……じゃなくて、加賀君が買って来た食べ物を食べたのに、悪びれず当たり前のように振る舞ってたでしょ？」

「まあ、そうだな。それがどうしたんだよ」

「それって、普通にダメだったんだよ。日和さんにさ、このシェアハウスに住んでいる人って仲良しでしょ？　なのに、なんでこんなにもルールをしっかり決めてるか聞いたんだ」

「何て言われたんだ？」

「〝親しき中にも礼儀あり〟だってさ。好きな人だろうが、それを忘れたら痛い目に遭うって日和さんは言ってた。そして、言ってた時の目は物凄《ものすご》く何かを経験して来たんだろうなって感じ」

「親しき中にも礼儀ありか……。なら、同棲してた時みたいに俺の飲み物を勝手に飲んだりしないってか？」

軽い感じで言ってやる。

そしたら、真冬は逸《そ》らしてた顔を俺に向けて軽く笑った。

「もう、やらないかな。だって、喧嘩はこりごりだし」

「お、おう」

反省する素振りを見せる真冬の姿に目を丸くする。

少したじろぐ俺にお構いなく真冬は語り続けた。

「彼氏だからって、何もかも甘く見てた。だから、たくさん言い争ったし、一緒にいるのすら嫌になったんだと思う。本当にそこはごめんって思ってる」

「……今更、謝るなよ」

後悔したって遅い。もう終わってしまっている。

「気持ちを入れ替えて、シェアハウスで頑張ろうと思ったのにまさか元カレと再会しちゃうとはなあ」

うんざりというような顔をした後、真冬は微笑《ほほえ》んだ。

そして、コンビニの袋から一本のコーヒーを出して俺に渡してきた。

「さっきは溢《こぼ》したジュースを片付けるの手伝ってくれてありがと。後さ、これぱっかりはしっかり謝っとく。君が私を嫌いになったんだって勘違いして本当にごめん」

「謝るなって」

コーヒーを受け取り、軽く頭を下げた真冬に頭を上げさせた。

「謝りたかったんだから許してよ」

「まあ、あれだ。俺もお前が浮気してると思ってた。それに関しては、本当に悪かった」

「謝るなじゃなかったっけ？」

「お前なあ……」

終わってしまった関係。

再び始まってしまった俺と真冬の新しい関係。

真冬が先に宣言してきた。

「浮気してたのは勘違い。でも、勘違いするほどに冷めてた。だからさ、私と君はもう恋人じゃないからね？」

儚《はかな》げに笑った真冬。

そんな彼女と俺の今の関係は——

「ああ、俺とお前はもうシェアハウスに暮らすルームメイトだ」

「ルームメイトって、シェアハウスの住人に使うのはおかしくない？」

「似たようなもんだろ。てか、あれだ。無理して俺と仲良くしなくても良いぞ」

「わかってる。君には、あんまり近づかないから安心してよ。まあ、別に同棲が上手《うま》く行かなかっただけで、加賀君のことは別に嫌いではない。話しかけて来たら、相手してやっても良いけどさ」

「未練がましい奴《やつ》め」

「他の住人から仲が悪そうって思われないようにこっちから仲良くしてあげようって近づいたのに。それってなくない？」

「ま、気が向いたら話してやるよ……」

「うん。その時はよろしく」

夏に向けて暑くなり始めた頃。

俺は元カノとシェアハウスで一緒に暮らすルームメイト？　になった。

3章 まだ好きなのに

コンビニで買い物を終えて帰ってきた。買ってきた色々を冷蔵庫へ入れる中、依然として、ソファーの上でごろごろしていた小春《こはる》ちゃんに声を掛ける。

「アイスを買ってきた。ちょっと溶けかけてるから、冷凍庫に入れとくな」

「ありがとです。あ、アイスに名前を書いといてくれると嬉《うれ》しいです」

「食べられないようにか？」

「一応、書いておかないとお姉ちゃんがうるさいので」

「確かにな。じゃあ、俺もっと」

きっちりとした性格をしている日和《ひより》さん。

名前が書かれていない食べ物を見つけたら、誰のかを突き止めるべく聞き回りそうだ。

その様子を思い浮かべ、少し笑ってしまうと、小春ちゃんは俺をからかってきた。

「あ、悠士《ゆうじ》先輩。今、お姉ちゃんのことを少し煩《うるさ》そうって思いましたね？　これはお姉ちゃんに報告しなければ！」

「それは止めてくれ」

「どうしよっかな〜？　まあ、冗談ですって、マジになっちゃダメですよ」

「小春ちゃんって中々に良い性格してるよ」

「ですよね？　そう思いますよね？　私もそう思います」

ちょうどそんな時だった。

俺と一緒に帰ってくるのを見られたくないと言った真冬《まふゆ》が、時間をずらして帰ってきた。

「あ、お帰りです。真冬先輩！　いや〜、真冬先輩がコンビニ行くけど何かいる？　って聞いてくれたのに、何もいりませんよって言った後、猛烈にアイスが食べたくなったので悠士先輩に頼んじゃいましたよ！」

小春ちゃんは割とグイッとくる子。

その調子に慣れきってない中、真冬はどこかもどかしそうに話す。

「ゆ、悠士先輩って意外と親し気じゃん」

「そうなんですよ〜。悠士先輩ってちょっと格好良い気がするので、媚《こ》びを売っとこうかな〜って。なんちゃって」

「そう？　私には加賀《かが》君のこと、全然格好良く見えないけどね」

別れる前は俺の顔が超大好きとほざいていたのはどの口だ？

というか、今の俺がカッコよくないってお前が一番言っちゃダメだろ。

俺の服と髪型って、思いっきりお前の趣味が反映されてるんだからさ。

「なあ、氷室《ひむろ》さん。出会ったばかりだしその物言いは無いと思うんだが？」

「だって、そうだからしょうがないじゃん」

売られた喧嘩《けんか》は買う。反撃の機会を得るべく俺は会話を広げていく。

「じゃあ、氷室さんはどんな人が好みなんだ？」

「あ、そうですよ～。この前、真冬先輩に顔の好みを聞いたのに、はぐらかされたんですよ。ね～、教えてくださいよ～」

興味を引く話題だったのか小春ちゃんも乗り気。

困った顔で逃げようとする真冬だが、逃げれば空気が悪くなるのをわかっている。

ここは物件情報にコミュニケーション重視と書かれたシェアハウス。

日和さんが楽しいのが好きでそう決めたそうだ。

元恋人同士だと隠し他人として振る舞うと決めたのも、ここがコミュニケーションを重視しているという事情が大きい。

わかってるよな？　険悪なムードを作るのはダメだよな？

念を押すように逃げるなとニコニコと見つめ続けた結果。

真冬はポケットからスマホを取り出し、画像を表示させ俺と小春ちゃんの前に差し出す。

「こんな感じ」

「この俳優さんイケメンですよね〜。あれ？　でも、この人って、悠士先輩に似てる気が
……するようなしないような……」

「おいおい。失礼だろ。こんなイケメンと俺を比べるなんて。全然似てないぞ」

「え〜、でも、顔の輪郭とか超そっくりですよ。あ、真冬先輩って、悠士先輩が好きなイケメン俳優さんにそっくりだから、緊張してカッコよくないとか言ってるんですね。もう、ツンデレですね〜。このこの〜」

「あははは……」

真冬はしまったなあという顔で苦笑いする。

咄嗟《とっさ》に見せた好みだというイケメン俳優の画像。それは俺の顔と似ている。

まあ、そうだよな。だって、お前、俺と付き合い始めた頃、顔も割と付き合うきっかけだったって教えてくれたもんな？

にやにやとした顔つきで真冬の方を見て挑発すると、むすっとした顔で無言の圧力を掛けてきた。

「どうしたんだ？　氷室さん？」

「ううん。何でもない。それじゃあ、私は部屋に戻るから。あ、小春ちゃん。加賀君って相当にむっつりスケベでねちねちしてるから、気を許したらダメだよ」

　何てことを吹き込みやがると文句を言う前に去られる。

「悠士先輩ってむっつりスケベなんです？」

「違うぞ。良《い》いか、むっつりって言うやつの方がむっつりだ」

「そう言えば、アイス代を渡しますね。２００円で良いですか？」

　しれっと真冬の方がむっつりだという俺の言い分をスルーする小春ちゃん。

　信じてないようだが、本当に真冬の方がむっつりなんだからな？

　さてと、アイスのお金は……

「さっきジュース貰《もら》ったし今回は奢《おご》りだ。貰ってばかりじゃ悪いしな」

「やりました。これぞ私の節約術です。先手必勝ですよ。悠士先輩に優しくすれば、私も優しくして貰える。ふふっ。ほんと、世の中ちょろいですよね」

　腹黒く笑う小春ちゃんは本当に良いキャラしてる。

　からかわれても、それを許せる優しさと気遣いを備えた女子高生だ。

「さてと、俺も部屋に戻る。まだ、引っ越しの片付けが終わってない」

「は～い。あ、手伝ってあげましょうか？」

「有難《ありがた》い申し出だけど大丈夫だよ。それに、またお礼を返さなくちゃだろ？」

「あははは、そうですよ。小春ちゃんの優しさは有料ですからね。お忘れなく～」

小春ちゃんに背を向け、俺は自分の部屋を片付けるべくリビングを去って行った。

それと同時に、コンビニで買ってきた物を冷蔵庫に仕舞い忘れていたらしい真冬が戻ってくる。

「あ、入れ忘れですか？」

「まあね」

「真冬先輩！　私、もうちょっと真冬先輩がどんな人が好みなのか知りたいかな～って。イケメン俳優さんが好きって分かっただけで、興味出てきちゃいました。綺麗《きれい》で可愛《かわい》い人がどんな人が好きなのかを！」

とまあ、小春ちゃんに異性の好みをしつこく聞かれた真冬は困った顔で、色々と話し始めるのであった。

っふ、ざまあ見やがれ。

小春ちゃんに俺がむっつりスケベと吹き込んだ罰だ。

*

自分の部屋に戻り、荷解《にほど》きを始めて10分が経《た》った。

そしたら、部屋に真冬が急にやって来て文句を言う。

「さっきのは何？　君のせいで、小春ちゃんに質問攻めにあったんだけど？」

「あ？　お前が先に挑発して来たんだろうが」

「はあ？　私はただ事実を述べただけだし。君が勝手に挑発してきたって、勘違いしたんじゃないの？」

「お前が過去の話を堂々と言いふらそうとしたんだろうに」

「ちがうっての！」

「じゃあ、あれは何だったんだよ」

話は平行線。

やや喧嘩気味になりつつある中、真冬は怒った風に俺に言う。

「ごめん！　はい、謝ったから悠士も謝って！」

「急だな……」

いきなり謝られて戸惑う。

あと、しれっと加賀君じゃなくて、悠士って呼ばれたんだが？

「別に喧嘩したくて私は悠士を煽《あお》ったんじゃないし。私はただ……君と仲良くしたくて。だって、浮気《うわき》してないなら、別に君のことが嫌いってわけじゃないんだからさ……」

真冬はもじもじとしながら俺の顔を見てくる。確かに俺達は恋人としては終わっている。けど、人間関係のすべてが終わってるわけじゃ無い。

それだというのに、俺はあれだ。

「悪い。ちょっと変に身構えすぎてた」

「うん……」

変に気まずくなった空気を壊すべく冗談を言った。

「俺が好きとか言われても困るからな？」

「誰がまた君に惚《ほ》れるもんか。好みなんて、変わるのが生き物なんだからさ」

ちょうどそんな時だった。

まだ俺の連絡先を知らないはずの小春ちゃんからスマホにメッセージが届く。

日和さんに教えて貰ったのか？　俺は届いたメッセージを確認した。

『よろしくで～す』

短い文の後に長々とした文が送られてくる。

『真冬先輩の好みの男性を聞きだしたんでお裾分けです！　どうやら、真冬先輩は……風邪の時、甲斐甲斐《かいがい》しく看病してくれる人が大好きだそうですよ！　別れちゃった元カレがそういう人で別れた今でも、そこだけは忘れられないほどに大好きだそうですよ！』

「なに？　急にニヤニヤして」

「好みは変わるか……。お前さ、まだ俺のこと好きなの？」

「って、ああああああ‼　小春ちゃん⁉」

俺の持っていた携帯の画面を見て叫ぶ真冬。

そして、俺にらしくない言葉を吐き逃げてゆく。

「色々勘違いをさせる君なんて、全然好きじゃないんだから。２００％大っ嫌いだから！」

「ああ、そうかよ」

俺は笑いながら、去って行く真冬を見送った。

一瞬、仲直りし元通りの仲へ戻るのが頭によぎった。でも、無理だ。

同棲《どうせい》での失敗は、もう恋人以上にステップアップができないのを教えてくれた。

先が見えない関係を続けてもしょうがないだろ。

恋人には戻れない。

いいや、戻るべきじゃない。

思いがけない再会と敵視する理由の消滅。

勢いに流されて正常な判断がつかなくなってしまっているだけに違いない。

「はあ……。なんで、あいつと再会しちまったんだか」

手つかずの段ボールに手が中々伸びない。

今なら、新しい引っ越し先を探してすぐにここから出て行ける。

引っ越し業者代とか、色々と掛かるだろうけどさ。

静かになった部屋で、いきなりガタッと扉が開いた。

小さく開けられたドアの隙間から真冬の声だけが部屋に流れ込む。

「私に何も言わずに出て行ったら怒るから」

「なんでだ？」

「私も悪いから。気まずくなって出て行きたくなったときはちゃんと話してよ。代わりに私が出てくか、君がここに引っ越すときに掛かった費用を払うとか、色々やりようはあるんだし」

「わかった。出て行きたくなったら、お前に話すよ。にしても、なんでこのタイミングで言いにきた？」

「強く当たりすぎたし。一応ね……。感じが悪いってのは後々に響くからさ。それじゃ、私は帰る」

ドアの隙間から話す真冬はドアを静かに閉め去って行く。

再び静かになった部屋で俺は頭を軽く掻《か》きながら愚痴る。

「今更、優しくしないでくれよ……」

未練を消しきれない相手から優しくされた。

それは、俺の思いをより一層大きなものへ変えていく……。

＊

気がつけば外は真っ暗。荷解きは終わってないが止め時だろう。

というか、棚が足りないし封を開けても仕舞う場所がない。

一息吐くと、誰かが俺の部屋の扉をノックした。

「加賀君。歓迎会をそろそろ始めようと思うんですけど、大丈夫ですか？」

日和さんだ。

俺が入居したこのシェアハウスは物件情報にコミュニケーション重視を掲げている。オーナーであり、管理人である日和さんは積極的にイベントを作っているとのことだ。俺の入居もイベントの一つに数え、歓迎会をしてくれるらしい。

「あ、はい。今行きます」

「それじゃあ、リビングでお待ちしてますね」

日和さんが去った後、俺もすぐに1階の共用スペースまで向かう。

くつろぎ重視のため、キッチン前にあるダイニングテーブルではなく、リビングにある低めの長机に用意されたちょっと豪華な食事。

それを囲むように集まるシェアハウスの住人。

もちろん真冬もいる。

人が揃《そろ》ったのを確認し、日和さんが乾杯の音頭《おんど》を取るべく飲み物を指さす。

「それでは加賀君の入居祝いを始めましょうか。飲み物を手に取ってください。ビールと缶酎ハイ、ジュースを用意してあるのでお好きなものをどうぞ。もちろん、今日は私のおごりですよ！」

机に置かれた飲み物を手に取る。俺が手に取ったのはビール。

俺の誕生日は4月。すでに20歳なので何の問題もない。

俺に続いて飲み物を手にする住人達。

日和さんは缶酎ハイを、朝倉《あさくら》先輩はビール、小春ちゃんはジュース、真冬もジュースだ。

一応、真冬は俺と同じですでに成人済み。

酔っぱらうとやたらと素直になり、べらべらと色んなことを喋《しゃべ》るので、お酒は控えがち。

きっと今日もそうなんだろう。

何で知ってるかって？　元カレだからだ。

「それでは乾杯！」

「「乾杯！」」

日和さんの掛け声で俺の歓迎会は始まる。

掛け声の後、ぐびっとビールを胃に流し込んだ。

喉が潤うと、横に座っていた朝倉先輩が気さくに話しかけてくれる。

「やあ、加賀くん。さっきぶりだね。これからよろしく頼むよ」

「こちらこそよろしくお願いします」

「改めて自己紹介をしようか。僕の名前は朝倉龍雅《りゅうが》。大学3年生。趣味はスポーツ観戦と音楽。大学の友達とバンドをやってる。恋人はいないよ」

「そうなんですか？　なんかモテそうなのに、恋人はいないって意外です」

「そうかい？」

「あ、でも今はいないだけで、彼女がいたことはあるってことですよね？」

「あははは……。さあ、どうなんだろうね？」

苦笑いする朝倉先輩。

女の子からモテそうだし、絶対にいたんだろうが、ずけずけと聞くのもあれだったので、自分のことを話し始める。

「改めまして、加賀悠士です。大学2年生ですが、見ての通り、もう成人済みです。是非、お酒とか飲みに誘ってください。そして、その時に女の子からモテる秘訣《ひけつ》を教えてくれると嬉《うれ》しいです。ちなみに、彼女はいましたが今はいません」

「女の子にモテる秘訣か……。気が向いたら教えてあげるよ。そういえば、ここに来た理由は彼女と別れた未練を断ち切るためとか言っていたね。新しい出会いは見つかったかい？」

「いえ、ピンときませんね。そもそも、未練を断ち切るため環境を変えただけ、新しい出会いを求めてるのはおまけ程度なので気にしてませんし」

「なるほどね。あ、そうそう。真冬ちゃんも引っ越してきた理由が『彼氏と別れた未練を断ち切るため。新しい出会いを求めて』と聞いた。もしかして、気が合うんじゃないかい？」

「『いや～、合わないですよ？』」

少し遠くで話に耳を傾けていた真冬が話に乗っかった結果。見事にハモる。

妙に気恥ずかしくなった俺らは熱い視線を送り合う。

もちろん、敵として睨《にら》み合《あ》うようなものだ。

「僕は凄《すご》くあってると思うけど？」

同じタイミングで同じことを言ったせいか、くすりと朝倉先輩が俺達を笑う。

さらには、小春ちゃんもうんうんと頷《うなず》き参戦してきた。

「キッチンで話していたときはぎこちないながらも、なんか楽しそうでしたよ？」

小春ちゃんの言葉に苦笑いしそうになるが、抑え込んで反論する。

「そう？」

「ええ、そう見えましたね。というか、ちょっと話の内容で気になることが聞こえちゃったんですけど、悠士先輩って彼女がいたんですか？　私、気になります！」

「普通にこの前まで付き合ってたよ」

「嘘《うそ》ですよね？　いやいや、悠士先輩。龍雅先輩がかなり女の子にモテるからって、張り合う必要は無いんですよ？」

「張り合ってないって」

「じゃあ、証拠を見せてくださいよ〜。別れたとはいえ、元カノのもの、なんか残ってますよね！」

「の、残ってない。け、消したからな」

証拠なんて見せたら、一発で俺と真冬が恋人だったということがバレる。ちょっと冷汗が出てくる中、小春ちゃんは俺への追及の手を緩めない。

「ほら〜、やっぱり証拠が出せないってことは嘘ってことです。目の前にいる悠士先輩は格好良いですけど陰キャオタク。さあ、おとなしく彼女がいなかったと認めちゃいませんか？　あたっ。お姉ちゃんいきなり叩《たた》かないでください！」

おふざけで俺をからかってくる小春ちゃん。

それを見た日和さんが、やりすぎだと脳天をチョップして俺に謝ってくる。

「失礼な妹ですみません」

「いえいえ。普通に楽しいので気にしないでください。それに、小春ちゃんの言う通り、陰キャオタクに近いのは自認してるので」

「そうですよ？　このくらいは悠士先輩と私の間では、ただのスキンシップです！」

おふざけムードが漂う中、俺と真冬があまり話していないのに日和さんが気付き、強引に真冬を話に巻き込む。

「そう言えば、加賀君と真冬ちゃんは同じ大学に通ってるんですよね」

「どうしてそれを？」

「一応、管理人兼オーナーですからね。入居者の情報は知ってますよ」

「へ～、そうだったんですか。氷室さんと同じ大学に通ってたなんてびっくりだ」

ここで出会ったばかりの見知らぬ人を演じるべく白々しく言う。

それに乗じて真冬も名俳優が如《ごと》く素知らぬ演技を繰り出した。

「そうだったんだ」

「あらま、なんか感動が薄いですね。持つべきものは友ですよ。同じ大学に通ってるのなら、講義のノートを見せて貰《もら》うことができます。まあ、お二人は学部違いなのであんまり共通した講義はないでしょうけど。さて、二人ともどうして今通っている大学を選んだんですか？　良かったら聞かせてください」

日和さんに、俺達が今通っている大学を選んだ理由を聞かれた。

それを説明するには高校3年の春にさかのぼる必要がある。

＊

——高3の春。


進路相談を終え教室を出る。すると、廊下で待っていた真冬に声を掛けられた。

「終わった？」

「ん、ああ。終わった。成績的に行けそうな大学を幾つか候補で出してくれた」

担任から貰った冊子を見せつけながら言う。

大学の紹介が書かれており、学力にあっている場所に折り目が付いている。

「じゃ、帰ろっか」

「てか、俺なんて待ってるのを目撃されたら不味《まず》いのによく待ってたな」

「最近、一緒にいる時間が少ない気がしたからね。今日くらい良《い》いでしょ？」

「ま、それもそうか。変に気にし過ぎてもつまらなくなるだけだし」

俺の進路相談が終わるまで待ってくれていた真冬と帰り道をゆったりと歩く。

その際に俺は恐る恐る聞いてみた。

「真冬って行きたい大学とかはあるのか？」

「ないよ。ただ行きたい学部はある。社会学部に進みたい」

「俺と同じだ。漠然としてるが、俺も経済か経営のどっちかの学部で、学力にあった所を探すつもりだ」

「もしかしてさ、悠士。私と同じ大学に行きたいの？」

にやにやされている。真冬がそんな顔で俺を見ているのがわかる。

顔を見られないようにそらして答えた。

「悪いかよ」

「ううん。悪くない。そうだね。学部は違うけど、同じ大学を目指そっか」

「俺に合わせる必要は無いんだぞ？」

学力の差がある。

だから、一緒の大学に通いたいだなんて中々言い出せなかった。

真冬は俺よりも頭が良いし、俺に学力を合わせる必要は無い。

「何言ってるの？　悠士が私に合わせるんだよ。併願でいくつも受験できるんだよ？」

「え？　いやいや、俺の成績じゃお前レベルの大学に合格できるわけがないだろ」

「同じ大学に通いたくないの？」

「できれば通いたいけどさ……」

「じゃあできる。はい、指貸して。指切りげんまん嘘ついたらハリセンボンの～ます。指切った」

勝手に指切りげんまんされた。

そして、真冬と同じ大学に通うための厳しい日々が幕を開けるのであった。

——以上。回想おしまい。

って、あああああああああああああああ！！！！

ナニコレ。めっちゃ恥ずかしいんだが？　めっちゃ死にたい。

当時の彼女と一緒の大学に通うって約束した結果、今の大学に通ってる？

くそ、くそ、くそが！　こんなこと、本人の前で言えるわけないだろ！

めっちゃ恥ずかしくて死にたくなるに決まってるんだが⁉

背筋をぞわつかせながら、堂々と嘘を吐《つ》く。

「いやあ、経済系の学部で自分の学力にあった所を選んだだけですよ」

「くふっ。そ、そうなんだ」

真冬は口元を覆い隠して笑いを堪え始めた。

自分の学力にあった所を選んだというのが真っ赤な嘘。

俺が真冬の学力に合わせるために必死こいて勉強したのを知っているからだ。

「ちなみに真冬ちゃんはどうして今の大学を選んだんです？」

「私も普通に学力に合わせただけ。別にどこかの誰かさんと違って、背伸びして頑張りはしなかったよ」

「まあ、やっぱりそんなものですよね。大学選びって」

日和さんはグイッと缶を傾け飲んでいた缶酎ハイを空にし、もう一缶を開ける。

ちょうど大学の話題に一区切りがつく。

真冬が笑いを堪えるのに必死だったのを見て、少しムカついた俺は反撃に出る。

「なあ、氷室さんはお酒を飲まないのか？」

「あんまり好きじゃないからね。別に飲めない訳じゃないけど」

「そうかそうか。好きじゃないか……」

「う、うん。好きじゃないから」

「酔うと人が変わるからじゃなくて、好きじゃないかあ……」

「よ、酔うと人が変わるわけないじゃん」

俺は知っている。さっきまで笑いを堪えていた真冬は酒を飲むと人が変わる。

缶酎ハイ一本を飲んだだけで、やたらと素直になり甘えん坊になり、べらべらと思っていることを喋《しゃべ》ってしまう。

まあ、悪口はちゃんと抑えてるのか知らないけど、不思議なことに言わない。

好きじゃないじゃなくて、本当は飲みたいけど、醜態を晒《さら》すから飲めないだけの真冬。

そして、飲めないことを気にしているのはよく知っているし。

顔には出てないが、内心では悔しがってるんだろうな。

とか思いながら、テーブルに載っていたローストポークを取ろうとしたときだ。

真冬はニコニコ笑いながら、俺の口元にプチトマトを押し当ててきた。

「君さ、お肉ばっかりじゃなくて、野菜も食べた方が良いよ？」

真冬のこの行為は決して、親切心ではない。

俺はプチトマトが嫌い。それを知っているからこその、嫌がらせ。

結局、唇に触れてしまったので、残すわけにもいかず嫌いなトマトを食べさせられた。

「健康への気遣いありがとう」

少し嫌味っぽくお礼を言うと、真冬は缶酎ハイを手に取り俺に聞いてきた。

「うーん、なんか飲みたくなってきた。飲んじゃおうかな？」

「体質的に飲めない訳じゃないしな。氷室さんが飲みたいなら飲めばいいと思うぞ」

「ちなみに、私がお酒に酔ったら加賀君は責任を取ってくれる？」

「ああ、取ってやるよ。好きなだけ飲め」

俺は適当にそう答えた。

＊

俺の歓迎会が始まって2時間後。

用意してくれた料理はほとんど無くなり、お酒の缶もたくさん空いた。

成人済みの日和さん、朝倉先輩、俺は良い感じに酔っている。

だがしかし、一人だけ例外はいる。あ、小春ちゃんはそもそも論外だ。

「君さ～、引っ越してくるならもっと早く言いなよ。ね～、聞いてる？」

俺の肩をぐらぐら揺する真冬。

お酒に酔ったら君が責任を取ってくれると言われて、何の気なしにＯＫしてしまった結果がこれだ。

「酔ってますね。これだから、真冬ちゃんはお酒があんまり好きじゃないと言ってたんでしょうか？」

「酔ってないから！　まだまだ飲めるし！　私、お酒大好きだし！」

こんな風になるから、嫌いだと言って自分を守ってるのだと理解した日和さんは苦笑い。

どんどん真冬の酔いが酷《ひど》くなってきている中、全員の考えが揃《そろ》う。

「部屋に帰らせましょう」

「ですね」

「僕もそう思うよ。さすがにこれ以上はね……」

「同じくそう思いまーす。ま、見てて面白いですけど、さすがにこれ以上は明日になったら死にたくなっちゃうと思うので！」

満場一致で部屋に帰らせると決定。なお、真冬は一人だけ諦めてない様子だ。

「なんでよ。私だけ、仲間外れにしないで欲しいんだけど！」

歯向かってくる真冬。そんな彼女の手を摑《つか》み、俺は強引に引っ張って行く。

「じゃ、部屋にぶち込んできます」

「はい。お願いしますね」

日和さんに見送られ真冬を部屋へ帰すべく運搬を始める。

他の住人から見えなくなった階段前。

いきなり手を引っ張っても動かなくなり、ぺたんと床に座り込んでしまう。

「おい。いきなりどうした？」

「おんぶ」

駄々をこねる子供のように、階段前でおんぶをせがみ座って動かなくなる。

いくら引っ張っても、全然動く気配がない。

俺が困っているのを見て、真冬はなんだか嬉《うれ》しそうなのがムカつく。

「ほら、立て」

「おんぶしてよ～。悠士～。いつもならしてくれるのに、今日はなんで～？」

「……おい。普通に下の名前で呼ぶな。変に思われるだろうが」

「しらない！　悠士は悠士だし！」

「だから下の名前で呼ぶと、元恋人同士だって周りにバレて面倒になるから。下の名前で呼ぶな」

聞こえないようにひそひそ声で諭すも、お構いなく暴れる駄々っ子。

「君こそ、なに？　私を氷室さん、氷室さんって他人行儀にさ～。ちゃんと真冬って呼んでよ！」

「めんどくさいな……。ほら、氷室さん。これで良いか？」

真冬とは意地でも呼びたくない俺。

それとなく真冬と呼ぶような感じで氷室さんと言ったら、割と大きな声が飛んできた。

「真冬！」

「真冬、行くぞ。ほら、これで良いだろ？　階段の前で座ってないで、さっさと立て」

これ以上はリビングにいる人に聞こえてしまうかもしれない。

しょうがなく、再会してから頑《かたく》なに氷室さんと呼んできた相手を真冬と呼んだ。

すると真冬は満更でもないように顔を綻ばせた。

「よろしい。で、おんぶは～？」

立て、嫌だ、立て、嫌だと何度も何度も押し問答を繰り返す。

いつまで経《た》っても、真冬が立たないのでしゃがんで背を向けてやった。

「んしょっと」

すぐ俺の背に乗り体を預けてきた真冬。

久しぶりに触れた体。

なんでこんな風になってるんだ？　としみじみと感じる。

背中から転んだら危ないので前傾姿勢でゆっくりと階段を上る。

俺は大変なのに、真冬は割と満足げにすんすんと俺の匂いを嗅いでるのがイラつく。

そして、４号室と書かれたドアの前に辿《たど》り着《つ》いた。

部屋には鍵がかかっており、扉は開かない。

「おい、鍵はどこだ？　取り出せ」

「左のポッケ」

「取り出せって言っただろうが」

「悠士が取れば良いじゃん」

一向にポケットから鍵を出さない様子の真冬。

雑に真冬を床に置き、左のポケットをまさぐると中から出てきた部屋の鍵。

「悠士のえっち。すけべ～」

「お前なあ……」

真冬にえっちだと蔑まれながら、手に入れた鍵で部屋の扉を開けた。

「ほれ、さっさと入れ」

「やだ。ベッドまでおんぶして」

真冬はもう俺に興味がないと勘違いしていた。

実際は浮気《うわき》なんてされていなかったと知ってしまった。

今更もう遅い。

俺と真冬は終わっているはずなのに、こんな風に甘えられたら困る。

複雑な心境で俺は真冬をベッドまで運んでやる。

というか、責任は取ってやると言ったが無視すればよかっただろ。

なんで率先して真冬を介抱してやってんだ？

「じゃあな」

「悠士。こっち向いて」

「なんだよ」

後ろを振り向いたときだった。

「んっ」

柔らかい真冬の唇と俺の唇が触れ合う。

気が付けば、俺は真冬と久しぶりにキスをしていた。

今のキスは同棲《どうせい》し始めた頃は毎日のようにしていた寝る前の軽いキスだ。

「おやすみ！」

「お前……」

「だって、別に嫌いじゃないし。だから、キスだって余裕だし！」

「ああ、そうかよ。お休み」

「お休み～」

能天気にお休みと言って静かになった真冬。

ほんと、最悪だ。でも、キス自体は悪くなかったのがムカつく。

真冬への未練を消し去るためにやって来たはずのシェアハウス。

事実を知り、未練を消し去るどころか、より一層後悔が強まって行くばかり。

真冬と同じで『同棲が上手《うま》く行かなかった』だけで、別に本人が嫌いなわけじゃない。

じゃあ、もう一度付き合えば良いってか？

「真冬。酔ってるだろうが、最後に一言だけ言わせてくれ。俺とお前の同棲は失敗した。で、それが原因で別れた。これに間違いは無いよな？」

「……」

返事はない。

成人はしている俺と真冬。

まだまだ未熟だ。でも、それなりに将来は考えられるようになってきた。

同棲での失敗は今後のためを考えると、無視することは許されないのを理解もしている。

「じゃあな」

もどかしい気持ちを必死に押さえつけ俺は真冬の部屋から逃げ出した。

＊

真冬Side

カーテンの隙間越しに光が差し込む中、私は瞼《まぶた》をこすりながら目を覚ます。

「よく寝た。って、あ、あ、あっ……」

手で自分の顔を覆い隠した後、声にもならない声を上げ醜態を後悔する。

「やらかした」

私はお酒が飲めないのを気にしている。

それを弄《いじ》る悠士に対して、少しムカついたから飲んでやった。

ちょっとだけ。ちょっとだけ。もう少し飲める。それが何度も続いて行って……。

「あぁぁ……」

そして、質《たち》の悪い酔っ払いの出来上がりである。

悠士にダル絡《がら》みをし、迷惑をかけこの部屋までおんぶさせた。

これだけでも死にたくなるのに、悠士が去ろうとしたときだ。

「ああああああああああああああああ！！！」

付き合っていたときみたいに、おやすみのキスをしてしまった。

やっちゃった。何ていうことをやった。

別れた元カレにキスするとか、本当に何やっちゃってくれてる⁉

「ど、どうしよ」

取り返しのつかないミス。

枕に顔を押し付けて落ち着こうとする。だって、どうすれば良いかわかんないし……。

感情は収まるどころか次第に高まっていき、私は枕から顔を上げて叫んだ。

「元カレが引っ越してくるなんて思う訳ないでしょ！」

叫んで少し落ち着いた私はぼそぼそと嘆く。

「同棲が失敗した元カレとシェアハウス……」

そう、私と悠士の一つ屋根の下での暮らしは大失敗だった。

大学2年生の4月1日《ついたち》。私と悠士は大学の近くの1DKのアパートで同棲を始めた。

だが思った以上に、私達は一緒に暮らすのが性に合わなかった。

悠士がゴミ出しを怠ったというだけで、喧嘩《けんか》。

私が勝手に冷蔵庫にあった食べ物を食べたことで、喧嘩。

休みの日。予定がなく二人で一緒の部屋にずっといただけで、なぜか大喧嘩《げんか》。

いつの間にか、互いに一緒にいるのが気まずくなった。

気が付けば、私は悠士の所へではなく実家に帰る日々が続く。

そんな関係になった頃、唐突に悠士に別れようと告げられる。

私以外の女の人と仲良くしていたのを目撃してたし、私はすんなり受け入れて、見事に私と悠士は恋人じゃなくなった。

そうであったはずなのに――

「浮気してなかったなんてずる過ぎる……」

悠士が私以外の女性と楽し気に話しながら歩いているのを目撃した。

その時、ああ、もう私に興味ないんだ……て思った。

実は、私との仲が上手く行かないことを姉である優子《ゆうこ》さんに相談していただけ。

悠士が私との関係が上手く行かないのを気にしてくれていた。

何とかしようと頑張ってくれていたのを知ってから私はもうダメだ。

「気になっちゃうに決まってるでしょ」

たくさん喧嘩して、いつしか顔を合わせるのが辛《つら》くなっていた。

それでも私は普通に悠士のことが好きだった。

だからこそ、真実が判明した今。

悠士のことが気になりすぎてドキドキが止まらない。

「よりは戻せないってわかってるのにね……」

悠士のことを信じきれなくなったのは、同棲が上手く行かなかったからでもある。

それだからわかってしまう。

たとえ、悠士に愛想《あいそ》を尽かされてなかったとしても……。

私と悠士は遅かれ早かれ別れていたと。

「うっ」

嫌な記憶を思い出しえずいてしまう。1か月も経《た》たずに同棲生活は崩壊した。

それはまあ私にとってのトラウマ。

先が見えなくなっている。悠士と、今更よりを戻すのはあり得ない。

「どうすれば良いんだろ」

震えている私の声が静かな部屋に響き渡る。

ほんと、どうしてこうなった？

というか、昨日キスしちゃったことはどう説明しよ……。

4章

小春ちゃんですよ！

「おはようございま～す。先輩、朝ですよ！」

「ん？　誰だ？」

寝ぼけ眼《まなこ》を擦りながら目を覚ますと、ベッドで横になっている俺の腹の上に乗っかっているこ小春《はる》ちゃん。あれ？　俺、鍵かけたよな？　なんでここにいるんだ？

「こう言うことです」

部屋の鍵を見せつけてくる小春ちゃん。

小春ちゃんの姉である日和《ひより》さんはこのシェアハウスのオーナー。

予備の鍵を持っていても不思議ではない。

というか、持ってるって自分で言ってた。

要するにだ。

「勝手に拝借しちゃったと」

「そういうことです」

さすがにダメだろ。どう話を切り出そうか悩み始めるも、一瞬にしてその気を変える一言が小春ちゃんから飛び出してきた。

「悠士《ゆうじ》先輩と私の仲じゃないですか。一緒にお風呂《ふろ》に入った仲なのに、今更このくらいで驚かないでくださいって」

「ん？」

「ふっふっふ〜。やっぱり、覚えていないんですね。ええ、そうですか。そりゃあ、そうですよね。私と最後に会ったのは5年前ですし」

「ま、まさか」

「はい。あの小春ちゃんですよ？　ところどころ、ヒントをあげてたのに、全く気付かないのは酷《ひど》いのでこうして教えてあげに来たわけです！」

小春ちゃんは俺が15歳の頃まで近所に住んでいた女の子だ。

小さいときから付き合いがあった。いわゆる幼馴染《おさななじみ》という関係である。

忘れるなんて薄情者め！　そう思うかもしれないが、言い訳をさせて欲しい。

なぜ、目の前にいる子が、よく知ってる小春ちゃんだと気付けなかったのか理由ははっきりしている。

「早乙女《さおとめ》じゃなくて、佐藤って名字だった気が……」

「お母さんがお父さんとよりを戻したんですよ。それで、早乙女小春です！　別《わか》れ際《ぎわ》に、早乙女小春になりますって言いませんでしたっけ？」

「あ～、そうだった？」

俺の親と小春ちゃんの親の仲が良かったため、小春ちゃんは俺の家によく預けられていた。小さいときは本当に頻繁にだ。

「てか、よりを戻したってことは、姉の日和さんとは血が繋《つな》がってるのか？」

「もちろんです。お姉ちゃんはお父さんに引き取られてただけです。普通に血が繋がってるのでご安心ください」

「なるほど……」

「生まれたときは早乙女小春だったのが、親が離婚して佐藤小春になり、そして、親の再婚で早乙女小春に戻ったわけです。以上！」

「お、おう」

俺の腹に跨《また》がっている小春ちゃんを見やる。

最後に会ったのは俺が15歳の時で、小春ちゃんは10歳だった。

無事に成長期を迎え、俺が本人だと気が付けない位の美少女に育っていたわけか。

でも、気付かなかった一番の理由は――

俺が知ってる小春ちゃんはこんな明るい子じゃないからだと思う。

「変わったな」

「はい、変わりました！　でも、酷いですよ～。私は悠士先輩が昔と違って、凄《すご》く格好良くなってても、一目見て気が付いたのに……。それだというのに、悠士先輩は私を忘れちゃうなんて最低ですよ。なので、今日は悠士先輩に悪戯《いたずら》しにきちゃいました！　ふっふっ～、驚きました？」

「ああ、驚いたよ。本当に悪かった。で、取《と》り敢《あ》えず、俺の腹から降りろ。な？」

「は～い」

俺に跨《また》がっていた小春ちゃんは降りてくれる。

久しぶりに会った幼馴染。まあ、妹みたいなもんだけど。ああ、そうか。

小春ちゃんが他の人以上に俺に馴《な》れ馴れしくしてると言った理由。

それは昔馴染《むかしなじ》みだったからか。

やたらと馴れ馴れしいのは俺に思い出して貰《もら》うためだったんだろう。

「私が馴れ馴れしくする理由。理解できましたか？」

「ああ、俺に幼馴染だと気付かせるためだよな？」

「あ、はい。ちょっと違います」

「え？」

「あ～あ。これ、本当に忘れてるやつですね。まあ、あれです。改めまして、これからよろしくですよ。お兄ちゃん！」

昔みたいにお兄ちゃんと呼ばれたせいか、一気にあの小春ちゃんだと再認識していく。

でも、随分と変わった姿で言われたせいか、不思議な気分だ。

「久しぶりにお兄ちゃんなんて言いましたけど、なんか恥ずかしいのでお兄ちゃんじゃなくて、普通に悠士先輩って呼びますね」

「可愛《かわい》い子にお兄ちゃんと呼ばれるのは正直体に悪いしな。それで頼むよ」

「おやおや～？　それは私が美少女に育っていたからですかあ？」

「そんなとこだ」

「じゃあ、ドキドキさせてあげるために、時々お兄ちゃんと呼んであげましょう！　さてと、悠士先輩。本当に本当に、これからよろしくお願いします。それじゃあ、学校に行かなくちゃなので失礼します。あ、私が馴れ馴れしくする理由、ちゃんと思い出してくれなきゃ、またいたずらですからね！」

制服のスカートをなびかせ、目の前から去っていく小春ちゃん。

昔は素直で俺の言うことを聞く良い子だった。

それだというのに、俺をドキドキさせるために、これからもたまにお兄ちゃんと呼ぶという小悪魔っぷりを見せつけてきた。

「本当に変わったな」

小春ちゃんのサプライズで起こされた朝。

時計を見ると8時前を表示している。

今日は大学の講義は2限からでまだまだゆっくりできる時間だ。

二度寝したら、寝過ごす自信しかないのでちょっと早いが起きるとしよう。

階段を降り、リビングへ。

そこにはスーツ姿で新聞を読みながらコーヒーを飲む日和さんがいた。

ここの管理人をしているが、普通に会社勤めもしているそうだ。

きっと、今は出社前のささやかなひと時なんだろう。

「日和さん。おはようございます」

「加賀《かが》君。おはようございます。昨日はよく眠れましたか？」

「あ〜、微妙です。そう言えば俺の部屋に小春ちゃんが忘れてったので、これ返します」

小春ちゃんが俺の部屋に置き忘れた予備の鍵を日和さんに渡す。

そしたら、日和さんは血相を変えて頭を下げてきた。

「申し訳ございませんでした。小春が大変ご迷惑をお掛けしました」

管理人兼オーナー。幾らそんな立場とはいえ、勝手に住人の部屋に立ち入ることはまずしない。たとえ妹である小春ちゃんがやったことでも、それは超えてはいけないラインであり、責任は自分にある。

そう思っているからこそ、日和さんは俺に深々と頭を下げる。

「いえ、気にしないでください。俺と小春ちゃんの仲なので」

「え〜っと、どういうことですか？」

小春ちゃんは母親に引き取られ、日和さんは父親に引き取られて離れて暮らしていた。姉妹だが離れ離れだった二人。

俺と小春ちゃんは普通に幼馴染だが、俺と日和さんはもちろん何の接点もない。

「実はですね――」

俺は、俺と小春ちゃんの関係を簡単に説明した。

ひとしきり説明を終えると日和さんは納得した顔で話し出す。

「なるほど。だから、あの子は加賀君には馴れ馴れしくして、大丈夫なんですよ～ってずっと言ってたんですね」

「はい。俺と小春ちゃんは幼馴染。といっても、ほとんど兄妹《きょうだい》みたいなものでしたけど。というか、名前は変わってるし、可愛くなってるし、昔と全然性格が違うしで、小春ちゃんがあの小春ちゃんだったなんて全然気が付きませんでしたよ」

「小春が10歳の時から一緒に暮らしてますけど、確かにあの子は一気に成長しましたから無理もありませんね。さてと、事情はわかりました。ですが、もう一度、謝らせてください。小春が勝手に部屋に入ってすみませんでした。私の方から、きつく叱っておきます」

紛《まご》う方《かた》ない大人の姿だ。

俺は大学生になって大人になったと思うようになってきた。

日和さんを見ていると、それが浅ましい考えだと実感させられる。

「さすがにあれは行き過ぎた行為ですね。俺からもちょっと小春ちゃんにお灸《きゅう》を据えときます」

「……ふふっ。なんだか、小春の本当の兄っぽいですね」

「小春ちゃんが小学生になる前までは、結構かまってあげてましたから。日和さんよりも実は接してた時間が長いかも知れませんよ?」

「それじゃあ、姉である私からちょっとお願いしますね。小春は加賀君と接していると楽しそうなので、これからも仲良くして貰えると嬉《うれ》しいです。あ、小春が迷惑を掛けたお詫《わ》びにコーヒー飲みます？」

「あ、はい。お願いします」

日和さんが入れてくれたコーヒー。

それを飲みながら、小春ちゃんについて日和さんと色々と話す朝も悪くない。

＊

日和さんと話していたら、俺はシャワーを浴びていないことに気が付く。

シェアハウスは自分だけじゃなく他の人も暮らしている。

当然、身だしなみはきちんとすべきだ。

「シャワー浴びてきます」

「まさか浴びて無かったんですか？　身だしなみはきちんとしないとダメです！」

眉を吊《つ》り上《あ》げ、俺にビシッと言ってきた日和さん。

と思っていたら、すぐに怒った顔をやめて朗らかに笑う。

「ふふっ。私も昨日はあの後すぐに寝たので、シャワーを浴びたのはついさっきです。シェアハウスだからって、過剰に気を遣わなくても大丈夫ですからね。ある程度、節度を守れていれば平気ですよ」

「小春ちゃんと日和さんってそっくりですね。そういうお茶目なとこ」

「そりゃそうですよ。だって、小春のお手本は私なんですから。さてと、私はそろそろ仕事に行きますね」

「あ、はい。行ってらっしゃい」

「はい、行ってきますね！」

スーツをビシッと正し、日和さんは仕事へ向かうのであった。

＊

「シャワーを浴びようと思ったんだがな……。ボディソープもシャンプーもなかった」

シャワー室に繋がる脱衣所。そこにある鉄製のラックには、所狭しと住人達が使っているソープ類が並んでいた。ソープ類はそれぞれ自分のを使うという決まり。椿《つばき》オイルが配合された良《い》い匂いがしそうなシャンプーには日和と書かれており、メンソール配合のシャンプーには朝倉《あさくら》と書かれている。
こっそり使うことが一瞬頭によぎったが、苦々しい経験がそれを許さない。
何故《なぜ》なら、真冬《まふゆ》と同棲《どうせい》していた時、俺はしれっと真冬のシャンプーを使っていた。
それが原因でこっぴどく言い争った。
「朝倉先輩は朝早いって言ってたからもう家にいないし、いるのはあいつだけか」
俺が住む3号室の隣であり、真冬が住んでいる4号室へ行く。
元カノの時間割くらい大体は把握してるし、きっといるはずだ。
真冬の許《もと》へ向かう際、苦々しい記憶がより一層鮮明になって行く。
同棲を始めて2週間後。俺が使っていたシャンプーが無くなった。
空になったシャンプーボトルの横には真冬が使っているシャンプーがある。
そして借りた。何も言わずに。
何だかんだで自分用のシャンプーを買うのを忘れ続け、真冬のを使い続けること数日。
髪の毛の匂いが違うという理由で、勝手にシャンプーを借りてるのがバレた。
恋人同士なんだから、別にちょっとくらい使ったって良いだろと言った。
『はあ？　何その態度。悠士が悪いのになんでそんなに偉そうにしてんの？』
『こんなちっちゃなことで怒るなよ』

とまあ、俺の言い方が悪く、険悪な言い争いが続いた。

ほんと、どうでも良い争いだったと今では思う。

こんな苦い思い出があるからこそ、勝手に借りるのはもうこりごりだ。

悪かったのは俺だし、普通に反省してる。本当に色々と物思いに耽《ふけ》りながら、辿《たど》り着《つ》いた真冬の部屋の前。俺は扉をノックし呼び掛けた。

「ちょっと良いか？」

起きて無ければ、今日はシャンプーもボディソープも無しに済ませよう。

が、幸運なことに起きていたようだ。扉が開き、俺の顔をちらちら見ながら真冬は言う。

「う、うん。てかさ、ちょっと私から先に聞きたいことがある」

若干、目が泳いでる真冬。

あ～、そういやシャンプーで喧嘩《けんか》したことを思い出してたせいで忘れてたけど、酔った真冬にキスされたんだっけか？

気まずいし、向こうから言い出してこなきゃ触れないようにするか……。

「ん？　なんだ？」

「き、昨日のことなんだけどさ。私、君にキスしちゃった？」

「早速、触れてきたか……」

酔っても全部覚えてるタイプな真冬。聞かずにはいられなかったのだろうが、俺が覚えてないかのように惚《とぼ》けてたんだから、お前も惚けとけよ。

さてと、どう反応したものか……。

「しちゃったんだ」

真冬が俺と付き合っていた頃は髪が長かったのに、バッサリと切られボブヘアーとなった髪の先を弄《いじ》りながら聞いてきた。

「お前も酔ってたからな。あれは事故だ。気にすんな」

「そ、そう。事故だから。で、でさ、キスしたとき、悠士になんか言ったっけ?」

「いいや、何にも?」

色々と言われたが、気まずくなるだけなので誤魔化すも……。

付き合いが長いこともあり、俺の嘘《うそ》なんて通用しないときが多々ある。

「あ、あぁ……。そっか」

しっかり酔っているときのことを覚えてる真冬。

俺の反応から、自分がしでかしたことが事実だと再確認したようで、頭を抱える。

「まあ、聞かなかったことにしてやる」

「うん。ありがと……。でも、これだけはハッキリ言う。よりを戻す気はない」

「ああ、わかってる」

復縁は無理。しない方が良いと理解している。

とはいえ、真冬を嫌いになり切れていないせいか俺の胸はズキズキと痛む。

「で、用はなに？　用があるから呼んだんでしょ？」

どうしたら良いという顔つきを隠せぬまま、真冬は俺に用件を聞く。

「ああ、そうだ。悪いんだけどシャンプーとかボディソープとかを貸してくれないか？」

「良いけど……」

「どうした？」

「君がそう頼み込んでくることに違和感があってさ」

「反省してんだよ。俺が自分のが無くなったからって、お前のを使って喧嘩になったし。それにまあ、シェアハウスだ。ルールを破って許可を取らずに人の物なんて使えないだろ？」

「良い心がけじゃん」

「ああ、それじゃあ、借りるからな。もし想像以上に減って、迷惑だと思ったのなら、遠慮なく金を請求してくれ」

その後俺が階段を降りる途中のことだ。

「反省してるんだ……」

どこか嬉しそうな声が上の方から聞こえた。

＊

さて、シャンプーとボディソープを借りることもできた。ちゃっちゃとシャワーを浴びてしまおう。服を脱いだものの、脱いだ服をどこに置いておこうかと悩んだときだ。洗濯籠が目立つ場所に置いてあることに気が付く。

籠の中には、加賀君へと書かれた一枚の紙が入っている。

『加賀君へ。洗濯物は基本的に自分の部屋で保管して、洗うときになったらここに持ってきてください。まあ、取られたり見られたりしても良いのなら、脱衣所に置いてもＯＫです。という訳で、この籠は管理人からのちょっとしたプレゼントです』

「ありがとうございます」

有難《ありがた》くプラスチック製の洗濯籠を頂く。脱いだ服をそこに入れた後、脱衣所からシャワー室へと入る。広さはそこそこ。狭くもないし、広くもない普通のシャワー室。水圧は中々にあって俺好みである。

体にお湯をかけ、真冬から借りたボディソープを手に出す。

あいにく、体を擦るスポンジやらも持っていないので手洗いだ。

手で体を洗っていると、真冬も白く透き通った肌が敏感肌で、体を洗う時は傷つきにくいように手だったのを思い出してしまう。

同棲までした仲、本当にあいつのことをよ〜く知っている。

ふとした瞬間に気がつけば真冬のことを考えてしまう。

むしゃくしゃとした気持ちが湧き上がる中、俺はシャワーを浴びた。

あっという間に浴び終わり、綺麗《きれい》さっぱり。髭《ひげ》を剃《そ》り、歯を磨き身支度を整える。

「よしっ。出るか」

長居は無用だ。真冬も2限から講義があり、昨日はシャワーを浴びていないのを知っている。俺がいつまで経《た》っても使っていたら、迷惑だ。

さっさと脱衣所から出ると真冬が丁度脱衣所の前にいた。

「早いじゃん。もう終わったの？」

「お前も使うだろ。だから、急いでみた」

「そっか。じゃあ、もう洗面台とかは使わない？　私が使っても大丈夫？」

「ああ、大丈夫だ」

俺の言葉を聞くと真冬は脱衣所へ入る前に俺に言った。

「い、今更、反省しても、復縁とか本当に無理だからね？」

真冬はちらちらとこっちを見てくる。その姿が可愛《かわい》くドキッとしてしまう。

その気持ちを隠すように俺は鼻で笑ってやった。

「復縁したいのはお前の方だろ。キスした癖に」

「そんなわけないから！」

勢いよくドアが閉まるも、すぐに少しだけ扉が開いて声だけが聞こえてくる。

「ごめん……。強くドアを閉めちゃったけど、私が私にイラついただけだから……」

「わかってる。わかってる。ほら、さっさと準備しないと遅刻するぞ」

「うん……」

か細い声で頷《うなず》く真冬はさっきと違い優しく扉を閉めた。

「朝から気まずくて胃が痛いぜ……」

やれやれと言わんばかりに格好つけて呟《つぶや》いた。気まずくて胃が痛くなってる癖に——

真冬とのちょっとしたやり取りが楽しくてしょうがない。

「ほんと、最悪な朝だ」

気まずくて苦しい俺もいれば、楽しくてしょうがない俺もいる。

不思議な気持ちを抱きながら、大学へ向かう準備を進めていくのだった……。

5章

シェアハウス暮らしは始まったばかり

シェアハウス生活2日目は思いのほか呆気《あっけ》なく終わった。

大学に行って帰りにボディソープやらを買って、コンビニで買った飯を食べたり、シャワーを浴びたり、アニメを見たりしてそのまま眠った。

そして、迎えた3日目の朝。今日は大学の講義がない土曜日だ。

外は快晴で洗濯日和。

洗濯物も溜《た》まってきたので脱衣所に洗濯籠を持って向かうも、そこには先客がいた。

「おはよう。小春《こはる》ちゃん」

「おはようです。悠士《ゆうじ》先輩もお洗濯ですか？」

部屋着兼パジャマを着たままの小春ちゃんが洗濯籠を持っている。

「まあな。でも、小春ちゃんが使うようならまた後で来る」

「あ、先に使って良いですよ」

「小春ちゃんが先に使おうとしてたんだし、別に気を遣わなくても……」

「いえいえ、私は先にこれを手洗いしないといけないので！」

小春ちゃんが見せてくれたのは、泥がこびりついてしまっている体操服。

残念なことにこのまま洗濯機に突っ込んでも綺麗になるかは微妙だ。

手洗い後にもう一度洗濯機でも洗うつもりがあるから、順番を譲ってくれるのであろう。

「じゃあ先に使わせて貰《もら》う」

着て汚れた服を洗濯機に放り込む。前に使っていた洗濯機よりも容量が大きいっぽい。

これなら、洗濯物はもうちょっと溜めても全然平気そうだ。

「悠士先輩～。体操服の汚れが落ちません。か弱い私の手が荒れちゃいそうです。代わりに洗ってくれても良いんですよ？」

「どれどれ……」

「っふ、頼んでみた甲斐《かい》がありました。よろしくです！」

小春ちゃんの横に行き、洗濯用のたらいに入ってる体操服を見やる。

泥は落ちておらず体操服は汚いまま。様子を確認し、ひとまず優しく服を揉《も》む。

「こんなに汚して……。子供みたいに泥遊びでもしたのか？」

「たまたま水たまりの泥が跳ねちゃっただけですよ？　昔みたいに泥遊びなんてするわけ

がないじゃないですか」

「よしよし、そういうことにしておこう。さてと、これはお手上げだ。ごしごしと洗ったら、生地も傷むだろうし、洗剤の入った水にしばらく浸《つ》け置きだな」

汚れが浮かび上がるまで、洗剤を溶かした水に浸け置きが一番。

顔を上げると、小春ちゃんが不思議そうにこっちを見ていた。

「どうした？」

「先輩も昔と変わったな～って。見た目も全然違うし、洗濯だってお母さん任せで、できなかったじゃないですか。ちょっと違和感があるんですよ。この人は本当に私の知ってるお兄ちゃんだった人なのかなって」

俺からしてみれば小春ちゃんの方が凄《すご》く違和感がある。

引っ込み思案で俺の後ろでウロチョロしてた。

そんな子が、こんな風に積極的に話しかけてくるような、明るい子に変わっていたら信じられるわけがない。

「私をそんなエッチな目で見ちゃダメですって。セクハラですよ？」

「小春ちゃんがこんなに明るくなってるなんて思いもしなくてな。驚いてただけだよ」

「え、それ、悠士先輩が言うんですか？」

「ん？」

「いやいや、私がこうなったのは先輩のせいですからね！　私が引っ越す日に、激励をくれたのをお忘れで？」

「なんか言ったっけ？」

「まさか忘れてるなんて……。いや、ほ、本当に覚えてないんですか？」

小春ちゃんが引っ越していった日の記憶を辿《たど》る。

もともと年齢が上がるにつれて疎遠になりかけていた。

だけど、引っ越すときには、ちゃんと挨拶しにきてくれたのを覚えている。

「ああ‼　思い出した。そういや、小春ちゃんに色々言った！」

「まったくもう！　私を変えた張本人が忘れてるなんて最低ですからね！」

プンプンと怒る小春ちゃんを見ながら、俺は小春ちゃんが引っ越し前に挨拶しにきてくれた日のことを思い出す。

＊

――５年前のあの日。

「あ、あの。引っ越します。だから、その、今までありがとうございました」

近所に住む小春ちゃんが引っ越すそうで、挨拶しにきてくれた。

小さい頃はよく面倒を見てあげたが、大きくなってきた今は、やや疎遠になっている。

それでもお別れの挨拶をしにきてくれたと思うと、感慨深い。

「元気でな。最近は会ってなかったけど、引っ込み思案は治ったか？」

小さい頃は俺にべったりで引っ込み思案な性格。

すぐにお別れするのも何だったので治ったかどうか聞いてみる。

「うん。だいぶ治って友達がたくさんいるよ」

「そうか」

小春ちゃんを微塵《みじん》も信じてない態度が透け出たのか、彼女は申し訳なさそうに白状し始めた。

「嘘《うそ》。全然いない。でも、お母さんには言わないでよ。心配させちゃうから。どうして私に友達が居ないってわかったの？」

「放課後になると近所の図書館に行って、一人で本を読んでたのを見たからだ。雰囲気も何となく暗いなって感じだったし」

「あ、あははは……」

10歳の女の子を苦笑いさせてしまう。泣かれなかっただけマシだが、さすがに今のは無い。下手したら、普通に泣かれてるぞ？

ちょっとした後悔を抱きながらも、俺は小春ちゃんを激励する。

「頑張れよ」

「え？」

「転校した先で小春ちゃんを知ってる人はいない。だったら先手必勝だ。明るいキャラで気さくに声を掛けちまえ。今は根暗な小春ちゃんを知ってる人だらけ。その人達に笑われるかもと思うと、キャラなんて変えられない。でも、転校先に笑う奴《やつ》はいないはずだ。だから、思いっきりぶちかましちまえよ。ちなみに中学デビューは難しいぞ。小学校から持ち上がりで、大体が顔見知りだ。高校も中学時代の顔見知りと出会う可能性が非常に高い。という訳で、今回が一番の大チャンスなんだからさ」

この春、高校に進学した俺は陰キャでオタクな自分を変えたくて高校デビューを目論《もくろ》んだ。

だというのに、同じ中学校だった奴と一緒のクラスになったせいで、俺の高校デビューは失敗に終わった。

クラスに中学時代の同級生がいたことを何度、恨んだことか。

だからこそ、俺は小春ちゃんに熱のこもったアドバイスをしていた。

俺の敵討《かたき》ちをして貰おうと。

いやいや、小学生に敵討ちをして貰うとか情けなくて涙が出てきた……。

「お兄ちゃんが高校デビューに失敗したのを聞いてるから、凄い説得力だね」

「お、おう」

母さんめ、やっぱり周りに言ってやがったな？

何が、高校デビューに失敗したのは、ご近所さんに絶対に言わないだ？

普通にバラしやがって……。

「お、お兄ちゃん？」

「悪い悪い。大人は嘘つきなんだと恨んでたとこだ。それじゃ元気でな。小春ちゃん。良《い》いか、中学で変わろう、高校で変わろうじゃ間に合わないからな。まあ、あれだ。なんかあったら、相談してくれ」

咄嗟《とっさ》に玄関先に置いてあったメモ帳に連絡先を書いて渡した。

「ありがとう。わ、わかった。小春がお兄ちゃんの敵討ちする！　だから、お兄ちゃんも頑張ってね」

「あ、ああ」

５歳年下の小学生に慰められるのが惨《みじ》めな感じがして泣きそうになる。

一応、高校デビューが失敗しただけで、少ないけど友達はいるからな？

そこまで小学生に憐《あわれ》みの目を向けられるほど、惨めってわけじゃないはずだ。

「惨めなお兄ちゃんを見てたら元気が出た。私、頑張る！」

「補足しとくが、友達はできたからな？」

「……。友達がいない人は強がりなんだよ。私とおんなじでさ」

信じてくれなかった。

でもまあ、良いか。

ちょっとでも、反面教師として希望を与えられたなら俺は満足だ。

「それじゃあ元気でな。今度、会うときは明るく元気に振る舞う小春ちゃんを期待してる」

「お兄ちゃんも頑張ってね。たくさんはできないかもだけど、きっと友達はできると信じてるから」

「いや、少ないが友達はいるって。高校デビューに失敗しただけだぞ？」

「バイバイ！　今度会うときは、明るく元気に振る舞う小春ちゃんで会えるように頑張る。お兄ちゃんも友達できると良いね！」

だから高校デビューは失敗したが、友達はいるって……。

きちんと言い返してやる前に、小春ちゃんは俺の前から姿を消していた。

さてと、どうなることやら。

＊

あの日に交わした会話を思い出した俺は、目の前で怒った顔をしている小春ちゃんに尋ねる。

「あ、馴《な》れ馴れしくしてくる理由って……。変われたのをアピールするためだったのか？」

「そうですよ！！！」

凄《すさ》まじい圧を放ちながら、俺を睨《にら》む小春ちゃん。

小春ちゃんの印象が随分と変化したのは、10歳の時の引っ越し前に交わした俺との会話のおかげ。

そのきっかけである俺に、昔とは違うとアピールするため、やたらと絡《から》んできていたと知った俺はうんうんと唸《うな》る。

「いや～、なんで忘れてたんだろうな」

「ほんと酷《ひど》い人です。で、改めてお聞きしましょう。先輩が別《わか》れ際《ぎわ》に言った明るく元気に振る舞う小春ちゃんになれてますか?」

ニコッと笑う小春ちゃん。

身長はグンと伸びたし、胸もわかるくらいには出ている。

昔はちょっとぼさっとした髪の毛だったが、今はふんわりと柔らかそうなセミロング。

常に笑顔で愛嬌《あいきょう》たっぷり。

暗くて引っ込み思案だった小春ちゃんはどこにもいない。

「ああ、なれてるよ」

小春ちゃんはほっとした笑みを浮かべた後、ピースサインを俺の前に突き出す。

「私の大勝利です!」

「てか、なんでこれまで変われたことを連絡してくれなかったんだ?」

「悠士先輩が陰キャのままだったとしましょう。なのに、こんな可愛《かわい》くてコミュ力最強になった私を見たらどうですか?」

「……。ああ、うん。普通に惨めで死にたくなるな」

俺の答えに小春ちゃんは何も言わず、わざとらしくにっこりと微笑《ほほえ》んだ。

＊

洗濯が終わるまで時間が掛かる。

部屋に戻ってゆっくりしようと思った矢先のことだった。

「宿題を手伝ってくださいよ～。私を変えたあの日のことを忘れてたんですから、ちょっとくらい私に優しくしてくれても良いと思いません？」

「そういうことなら付き合う。忘れてた俺が悪いし」

「それじゃあ宿題を持ってきますね！」

「リビングで待っていれば良いか？」

「はい！」

元気よく返事をし、自分の部屋に戻って行った小春ちゃん。

リビングのソファーに座り、待つこと3分。

小春ちゃんは宿題と筆記用具を持ち戻ってきた。

「お待たせしました。この英文を日本語に訳すのが宿題です」

教科書に書いてある英文を日本語に訳すという宿題。

ざっと教科書を見てみたら、内容に見覚えがあった。

小春ちゃんが通う高校は約1年と2か月前まで俺が通っていたところだしな。

「遠慮なく聞いて良いぞ。ただ、答えを直接教えるのはしないがな」

「ちゃんとわかるんですか？」

「大学生を舐《な》めるなよ？」

「じゃあ早速ですけど、この単語が分かりません。教えてください」

「辞書を引け。辞書を」

「え～、教えてくださいよ。あ、わかりました。実は教えようと思ってたけど、思った以上にわからないんじゃ……」

煽《あお》ってくる小春ちゃん。

俺がわかっていることを知らしめてやるために紙とペンを手に取る。

「ちょっと待っててくれ」

教科書に載っている英文を次々に日本語に訳していく。

区切りの良いところまで訳した後、訳が書かれた紙を小春ちゃんに渡す。

「これで大体合ってるはずだ」

「悠士先輩のおかげで楽できそうです。っふ、私に乗せられてまんまと答えを作ってくれるなんて、ほんとチョロいですね」

楽ができたと嬉《うれ》しがる小春ちゃんを見越していたのは言うまでもない。

「ちなみに、誤訳も幾つか入れといた。正解かどうか確認するのをお勧めする」

「え～、それじゃあ楽ができないじゃないですか。もっと優しくしてくださいよ～。そんなんだと、いつまで経《た》っても彼女ができませんよ？」

「いや、普通に彼女はいたからな」

「悠士先輩の昔を知ってると、どうも嘘《うそ》くさく聞こえるんですよね～」

「確かに小春ちゃんからしてみればそうだよなあ……」

滅茶苦茶《めちゃくちゃ》に痛い所を突かれて納得できてしまう。

俺の過去を知っているんだから、彼女が居たと信じてくれないのも無理はない。

「根っからのオタク。高校デビューは失敗に終わり友達はいない。今は髪の毛も良い感じで服もおしゃれ。だけど、それでも彼女がいたと言われても信じられないんですよ」

「しれっと高校で友達がいない扱いは酷くないか？　高校デビューに失敗しただけで、仲の良い奴はいたし」

「強がらなくて良いんですよ？」

「てか、頑《かたく》なに俺が彼女いなかったって言ってるけど、今の俺を見てくれよ。割と陽キャっぽく見せられてると思うし、どう見ても彼女がいそうだろ？」

「だったら証拠を見せてくださいよ」

「そ、それは、まあ……」

同じシェアハウスに住む真冬《まふゆ》が元カノだったなんて言えない。

変な気遣いをされたら、たまったもんじゃないんだから。

「やっぱり嘘なんですね。というか、今の悠士先輩が格好良いのはどうしてなんですか？　教えてください！　一体、何があってぼさっとしてる髪の毛、友達がいたら確実にダサいって言われる私服を着てるボッチから脱出したんですか？」

「ほら、無駄口を叩《たた》かず宿題を続けろって」

「あ、話逸《そ》らした！　ねえ、教えてくださいよ～」

「しつこいと友達に嫌われるぞ」

根気強く聞かれるも、何だかんだで小春ちゃんは引いてくれた。

そして、冷蔵庫からパックジュースを取り出し俺のご機嫌を取る。

「しつこくしてすみませんでした。これで許してくださいね？」

＊

小春ちゃんが宿題を始めて40分が経過した頃だ。小春ちゃんはペンを置いて叫ぶ。

「疲れた！！！」

「まだ終わってないんだから、休憩は早いと思わないか？」

「そう言えば、先輩って朝ご飯は食べないんですか？」

小春ちゃんは警告を無視し、ノートを閉じ話しかけてきた。

「普段はこんなに早く起きないからな。朝昼兼用で食べてる。小春ちゃんこそ、朝ご飯を食べてないだろ。平気なのか？」

「いや～、作ってくれる人が起きてこないので」

「日和《ひより》さんに作って貰《もら》ってるのか……。でも、もう9時になるぞ？」

「早く起きて欲しいかなって感じです。とはいえ、さすがにお腹空《なか》いたからって仕事で疲れてるであろうお姉ちゃんを起こしはしませんけどね～」

「自分で作る気は？」

「ないです！　できる人が料理をするべきだと思うタイプなので私はしません」

日和さんが起きて、朝ご飯を作ってくれるのを待っているそうだ。

何だかんだで、一緒にご飯を食べているあたり仲が良《い》いのが見て取れる。


ピー、ピー、ピー！


唐突に脱衣所から洗濯の終わりを告げる音がかすかに聞こえてきた。

小春ちゃんが後につかえているので、さっさと洗濯機の中身を取り出すか。

「洗濯も終わったようだし干してくる」

「あ、私も浸《つ》け置きした体操服を見に行きます。もう宿題は止めです！　悠士先輩と一緒にしてたら、おしゃべりしちゃって全然進まなかったですし。とはいえ、ありがとうございました」

ぺこりと頭を下げてお礼を言う小春ちゃんとリビングを出て脱衣所に向かった。

「よしっ、終わってるな。そっちはどうだ？」

「落ちなかった汚れも綺麗《きれい》に落ちました。いや～、なんで体操服って汚れが目立つ白なんでしょうね」

「さあ？　さてと、洗濯機はもう大丈夫だ。先に使わせてくれてありがとな」

「あ、はい。よいしょっと！」

小春ちゃんは濡《ぬ》れた体操服を空になった洗濯機へ入れる。

他の洗濯物も洗濯機にどんどん放り込んでいった。

それを傍《はた》から見守っていると、いきなり手を止めて俺に話しかけてきた。

「スケべですね。洗濯機に放り込まれる私の服に熱い視線を送るなんて、本当にエッチなんですから〜。あたっ、しゅ、しゅみません。頰が伸びる。伸びるので、やめてくらさいよお」

「生意気な後輩には説教が必要だな？　俺と小春ちゃんの仲だ。こんな風に頰を引っ張ろうがセクハラにはならないのはわかってるはずだよな？」

「っく。確かにちょっとやそっとのことじゃあセクハラになりません。じゃあ悠士先輩に私がセクハラしても大丈夫なはずです！　良いんですか？　私のぷにぷにほっぺを引っ張ったら、私にたくさんセクハラされちゃいますよ？」

「小春ちゃんが俺にセクハラできるもんならすれば良い」

「あ〜、喜ばせるだけなので反撃にはなりませんね。っく、そしたら私はどう悠士先輩に反撃をしたら……」

「手を止めてないで、さっさと服を全部洗濯機に入れろって」

小春ちゃんが手を止めたので、持っていた籠を奪う。中に入っている服をどんどん洗濯機に放り込む。

手伝ってあげているというのに慌てて俺の手を握り、作業の邪魔をしてきた。

「す、ストップです。それ以上は不味《まず》いですって。本当に不味いのでっ！」

「何がだ？」

「色々です」

邪魔してくる手を払いのけ、籠の中に入っているものを掴《つか》んで取り出す。

掴んだ服は軽い。こんなに軽い服は初めてかもしれない。

あ、これは服じゃなくてパンツだ。理解したときには遅すぎた。

「ダメって言いましたよね？」

バッと素早い動きで俺が手にしていた縞《しま》々模様の可愛《かわい》らしいパンツを奪い取り、背中に隠す。

「悪い。手を止めてるから、てっきり、サボってるんだと思ってた」

「違いますよ！　悠士先輩に下着を見られちゃうから、敢《あ》えて手を止めてたんです！　ま、まあ、悪気がないのは分かってるので今回は怒りませんけどね！」

「そうしてくれると有難《ありがた》い」

「は～、暑い。暑い」

最近は春も終わりを告げ、すっかり気温も高くなってきた。

まだ汗ばむ程ではない。だというのに、小春ちゃんは着ているパジャマの胸元をパタパタと扇《あお》ぎ涼しさを求める。

暑いというよりも、下着を触った俺を罵ることができず、宙ぶらりんになってしまった気持ちを落ち着けるかのようだ。

やってしまったものはしょうがない。もう一度、俺は小春ちゃんに謝っておく。

「今度から気を付ける。本当に悪かった……」

「謝らなくて良いですよ。悪気はないのはわかってますし」

小春ちゃんはセミロングになるまで伸ばした髪の毛の先をくるくる弄《いじ》る。

俺の手には洗い終わったばかりの服を入れた籠がある。

「干しに行ってくる」

「一応、お庭の方にも物干し竿《ざお》がありますから良かったらどうぞです」

ちょっと顔を赤らめた小春ちゃんに見送られ脱衣所を出た。

籠の持ち方が甘かったので、しっかりと持ちなおす。

その際に脱衣所の扉が少し開いていたせいか、ボソボソとした声が耳に入る。

「彼女がいたって言ってましたし、女の子に慣れてるんでしょうかね……。私のパンツを触っても意外と冷静でしたし……」

別に女慣れしてたからとか、そういう訳じゃなく、単に小春ちゃんはあの小春ちゃんだ。本当の妹みたいに可愛がってた子に欲情するとか、普通にあり得ないだけである。

＊

さてと、窓の外にある物干し竿《ざお》に洗濯物を干し終わった。

少し遅いけど、お腹が減ったので朝食でも食べるか……。

いつでも食べられるようにと、買っておいた菓子パンを袋から取り出す。

やや水分が少ないパンということもあり、喉の渇きを感じた俺が小春ちゃんに貰ったもののの、飲まなかったパックジュースを取りに冷蔵庫のもとへ歩いていると、

「おはよ」

眠そうな真冬と遭遇してしまう。

「おはよう。眠そうだな」

「遅くまで起きてたからね……」

俺と真冬の行きつく先は一緒だ。

冷蔵庫前に辿《たど》り着《つ》くと、真冬は何も言わずに待っている。

「悪いな」

冷蔵庫からパックジュースを取り出し横にずれる。

しかし、真冬は一向に冷蔵庫から何も取り出そうとせず俺の手元を見ている。

「どうしたんだ？」

「それ、小春ちゃんのじゃん」

「貰った」

「本当に？　勝手に飲んでるじゃ……」

怪しい目つきで真冬が睨《にら》んでくる。

「あ、真冬先輩。ホントですよ。それは宿題を見て貰ったお礼です」

キッチンのすぐ横に壁を隔てずにあるリビング。

そこでくつろいでいた小春ちゃんが援護してくれる。

「な？　貰ったって言っただろ」

「そっか。変に疑ってごめん」

素直に謝ってきた真冬はちらちらと俺の方を見ながら、冷蔵庫から飲み物を取り出した。

飲み物を一口飲んで戻した後でさえ、俺の様子を窺っている。

「なんか言いたいことでもあるのか?」

「小春ちゃんと仲良しなんだ」

「そうだな。仲良しだ」

「そうですよ～。悠士先輩とは超仲良しです!!!」

聞こえていたようで小春ちゃんも頷《うなず》いてくれた。

「ふ～ん」

冷蔵庫に飲み物を仕舞ったはずの真冬。

が、しかし。まだ喉が渇いていたのか、また取り出して飲み始める。

そんな様子の傍《かたわ》ら、水分の少ない菓子パンを持ったまま降りてきた俺はパックジュースを飲みながらパンを食べる。

咀嚼《そしゃく》していると、リビングにいた小春ちゃんが俺のもとへやって来た。

「悠士先輩。私もお腹すきましたよ～。お姉ちゃんが起きてこないので、朝ご飯が出てきません!」

「食べたいと言ってるのか?」

「え～、そんなことは言ってませんって～。ただ……」

俺の持っている小春ちゃんがくれたパックジュースに熱い視線が注がれる。

言わなくてもわかる。あげたんだから、くれても良いんですよ？　というのが。

「ったく。一口だけだぞ？」

「やりました。それじゃ、頂きますね」

パクリとパンを一口食べられる。

その様子をじ～っと見ていた真冬は恨めしそうにこっちを見た。

「ふぅ。ごちそうさまでした。これは確かに喉が渇く味ですね」

「だろ？」

「さ～てと、お姉ちゃんは起きてこなさそうなので起こしてきます！」

「朝食を作らせるために起こすとは中々に酷《ひど》いな」

「いえいえ。寝過ごすのは嫌だから、起きなかったら起こしてくれと頼まれてますので」

小春ちゃんは寝過ごしそうになっている日和さんを起こしに行く。

残された俺に真冬はボソッと声を掛けてきた。

「仲良くなりすぎでしょ……」

「そりゃまあ、小春ちゃんと俺の仲だし」

「良かったじゃん。私なんかよりも、良い子が見つかってさ」

「別に小春ちゃんとはそういう関係じゃ……」

「なら、誰にでもあんな風に接するの？」

「しないけどさ」

「じゃあ、そういうことじゃん」

「そういう訳じゃ……」

頬をかいてどうしたものかと悩む。一向に答えは見つからない。

そんな俺を見た真冬は大きくため息を吐《つ》いた後、愛想笑《あいそわら》いを浮かべた。

「ごめん。面倒臭くて。あ、そうだ。これで許してよ」

真冬はキッチンにあるストック棚からチョコレートを取り出し俺の手に握らせる。

「気にすんな」

「やっぱり駄目だな～私って」

「そうか？　誰だってこんなもんだろ」

「悠士もさ……。私が誰か他の男の人と仲良くしてたら、今の私みたいになってくれるの？」

「……」

なる。

だけど、言ってはいけない気がした。

これ以上、真冬への燻《くすぶ》る想《おも》いを大きなものにして抑えきれなくなるのが怖い。

「そりゃ答えにくいよね……。はい、お詫《わ》びにもう一個あげる」

「悪いな」

「でさ、小春ちゃんとは実際どう？　私なんかよりも良《い》い感じ？」

「やけに食いつくな……。別にお前が思ってるような関係じゃないぞ」

「ふーん。私が思ってるような関係じゃないならさ。小春ちゃんの宿題を見てあげてたんでしょ？　な、なら、私の課題を終わらせるのを手伝ってよ」

声を震わせながら、わざとらしく迫ってくる真冬。

関係は終わっているが、別に今は喧嘩《けんか》しているわけでもない。

なら、真冬とは普通に接しても何の問題もないはずだ。

「わかった、わかった。どうせ、前にも見てやったことがあるあの課題だろ？　だったら、付き合ってやるよ」

「へ？」

「小春ちゃんに優しくするのは、別にお前が思ってるような関係になりたいとか、そういうのじゃないからな。疑いが晴れるならいくらでも真冬に付き合う」

「本当に課題を手伝ってくれるの？」

「別れたとはいえ、今は喧嘩してるわけじゃないし。なんだ？　まさか、冷やかしで手伝えって言ったのか？」

「そういう訳じゃないけど……」

「ぼろ出して周りに元恋人だってバレないように、お前の部屋か俺の部屋だな」

「私の部屋は机がないから、ゆ、悠士の部屋で」

「あいよ」

こうして、俺は真冬が抱えている課題の手伝いをすることになった。

一足先に自分の部屋に着いた俺は小さな机の前にクッションを敷き座る。

待つこと、３分弱。課題を進めるために必要なパソコンを持った真冬が部屋に来た。

「お邪魔します……。机借りるね」

小さな机に持ってきた物を置く。

真冬も俺と同じでそこらに転がっていたクッションを尻に敷いて座り、カタカタとノートパソコンのキーボードを打ち始める。

俺はそれを横で見守り続ける。

そこそこ時間が経《た》ってから真冬は動作を止めて聞いてきた。

「ここって、これで意味が通じる？」

大学では小中高の時と違って、自分の答えを出す必要がある。

自分の考えを反映した、自分なりの答えが求められるのだ。

高校時代は真冬に勉強で負けっぱなしだったが、どうも自分なりに考えて答えを出すのは俺の方が得意だったらしい。

なので、打って変わって俺が教える立場になる様にもなった。

「大丈夫だと思う」

「そっか」

真冬は再びキーボードを叩《たた》き始める。スマホを弄《いじ》りながら見守り続けた。

響くのはカタカタという音だけ。そんな音が支配する部屋で真冬は声をあげる。

「こういう風に仲良くするのって、悠士的には嫌？」

「嫌だったら断ってる」

「ならさ、今後もこういう風に課題を手伝って欲しい。べ、別に君と元サヤに戻りたいわけじゃないから。やっぱり悠士と何かするのって気が乗るしさ……ダメ？」

俺の目を見ずに話す真冬。

喧嘩別《わか》れしてない。互いにそう認めている。

それが俺の心を堕落させ、未練がましく真冬の方へ近づけと誘惑する。

ダメだと思っても、この誘惑から俺は逃れられない。

「そういうことなら仕方がない」

「じゃあ、お願いする」

再び課題を見てやる約束をした。

部屋は静かで文字を打つ音だけが聞こえ、たまに真冬から何かを聞かれ、それに答える。

何度かそれを繰り返した後、真冬は課題を終わらせノートパソコンを閉じた。

「悠士のおかげで捗《はかど》った。お礼にさ、何かしてあげよっか？」

「ん？　お礼なんて別に……」

「ううん。同棲《どうせい》してたときはさ、課題を見て貰《もら》ってもお礼をしてあげなかったじゃん。てか、お礼くらい言えって怒られたでしょ？」

「それがどうしたんだよ」

「彼女だから彼氏である悠士が私に付き合ってくれるのは当たり前。そう思ってた。だから、悠士に『お礼くらい言えよ』って怒られた。なのにさ、『君は私の彼氏でしょ？』って私は逆切れ。ほんと、笑っちゃうよね。そんなのダメなのにさ」

真冬は気恥ずかしそうに同棲していた時に起きた失敗を語る。

今更、反省されても遅い。

素直に謝る姿が痛いくらいに胸を締め付ける。

痛みから逃れようと、俺は肩をすぼめている真冬をまた茶化した。

「彼氏彼女の関係に慣れ過ぎて、なんでも当たり前だと思ってたってか？」

「あははは……」

反論もなく真冬はから笑いした後、小さくコクリと頷く。

そんな彼女は笑うのをやめて俺に優しい目を向けてきた。

「反省してる。だからさ、課題を手伝って貰ったし、きちんとお礼させてよ。何して欲しい？」

「そう言われてもなあ……」

唐突に何をして欲しいと聞かれても思い浮かばない。

頭を抱えて考えていたら、落ち着かない声で言われてしまう。

「た、例えば、私と復縁したいとか？」

「おまっ。いきなり何を言って」

「ごめん！　今のは嘘《うそ》だから。さすがになし！　さてと、お礼は考えといてよ。課題を手伝ってくれてありがと。じゃ！」

あたふたとノートパソコンを手にし立ち上がる真冬。

俺の部屋を出て、ドアを閉める前にボソッと言い残して消えていく。

「さっきのは冗談だから……。ほ、本気にならないでよ？」

＊

真冬 Side

「最悪だ……」

私がしでかした悠士への行動に自己嫌悪しか感じない。

課題を見て貰ってから、もう数時間が経過してるのに。

未練がましく近づいて、付き合っていたときみたいに甘えたくなる。

小春ちゃんと仲良くしてるのを見たら、我慢できなくなってしまった。

ちゃんと線引きをして『シェアハウスで出会った他人』を演じなくちゃいけない。

なのに、なのに……。

なんで行動を上手くコントロールすることができないの？


もしかしたら、もしかしたらを狙って――


未練がましく元カレに近づいていてしまう。

「今更、反省してるって悠士に迫ったたって遅いのに」

そんな自分に嫌気が差す中、雨音が聞こえてきた。

自分の部屋の窓を閉めようとしたら、悠士の洗濯物が干されたまま。

「濡《ぬ》れたら可哀《かわい》そうだし、入れといてあげよ」

今悠士が家にいないのを知っている私は、自分の部屋の窓から手を伸ばして洗濯物を取り込む。

そして、畳んでやる必要などないのにわざわざ畳んでしまった。

行動と感情があべこすぎて嫌になる。

「……はあ。さてと、雨降ってるけど、ご飯を買いに行こ……」

気晴らしを兼ねて私は雨降る中、傘をさしコンビニに夕食を買いに行った。

「ただいまキャンペーン中です。くじを1枚どうぞ」

７００円以上買ったせいか、くじを引かせて貰う。

ガサガサと箱の中からくじを取り出し、店員に見せる。

「当たりなので、交換しますね～」

どうやら何かが当たったようだ。

で、当たったのは『お酒』だった。それも、度数がきつい９％のやつ。

今回はお酒を一切買ってないのに、どうやらお酒のくじが入った方を引かせてくれたっぽいね。普通のくじの方が良かったんだけど……。まあ、いいや。

「ありがとうございました～。また、お越しくださいませ～」

店員の声を聞きながら私は店を出た。

お酒か……。私は飲めないというか、飲みたくないし、誰かにあげれば良いか。

と思っていた。

しかし、夕食を食べた後、私はふと友達の言っていたことを思い出す。

『嫌なことがあったらお酒に逃げる！　いや～、ストロング系は最強でしょ』

言われたときは、何を馬鹿言ってるの？　と鼻で笑った。

「酔いきれてないのかな……」

酔うとだらしなく素直になってしまうのは酔いが浅いから。

もっと酔えば嫌なことは忘れて楽になれる？

ふとした疑問を抱き、誰かにあげる気でいたお酒を手に取った。

と思ったけれどどこの前やらかしたばっかり。

「……さすがに止めとこ」

でも、また何か辛《つら》い感情を覚えたときは……試してみようかな？

＊

真冬の課題を見てやった後、別に何かが起きた訳でもなく迎えた土曜日の夜。

俺は塾講師のバイトに勤《いそ》しんでいる。

「ここがこうなる。っと、そろそろ終わりにしましょうか」

授業はもう終わり。教えていた生徒が帰って行くのを見届ける。

それから、俺は教材を棚に戻しタイムカードを押そうと思ったが、

「何か他に仕事ってありますか？」

「珍しいね。加賀《かが》君が自分から仕事を求めてくるなんてさ。でも、助かる。ちょうど、誰かにテストの採点を手伝って貰おうと思ってた。お願いするよ」

「あ、はい。任せてください」

何だかんだで塾を出たのは22時20分。

22時以降は割増賃金を出さなくてはいけないが、俺が勤めている塾は22時で強制的にバイトのタイムカードは切られる。

要するに20分を無賃金で労働させられた……という訳ではなく、

「今日の残業代は５００円か」

すぐに現金で渡される。しかも、ちゃんと時間帯に応じた割増賃金だ。

バイトの給与計算が面倒で、こんな仕組みらしい。

誰がどう見てもグレーな仕組みだが、わざわざ波風を立ててもな……。

「夜は食って帰るか」

雨が降ったのか少し濡れていた地面を歩き、牛丼店に入り夕食を済ませた。

シェアハウスに向けて歩く中、日和さんの姿を見つけたので近づいていって話しかける。

「日和さん？」

「あ、加賀君。どうもです。バイトに行ってたんでしたっけ」

「はい。バイトの帰りです。日和さんは？」

「ちょっとしたお買い物ですね」

手に持っていたビニール袋を俺の目につくよう見せてくれる。

向かう場所は同じ、俺達は話しながらシェアハウスへ帰るのであった。

「ただいま帰りましたよ～」

日和さんは俺に、『ただいまは言わないんです？』という顔を向けている。

なので、俺も大き目な声でリビングの方へ声を響かせる。

「ただいま」

そしたら、リビングから小春ちゃんと朝倉《あさくら》先輩の声が聞こえてきた。

「おかえりです」

「おかえり」

きっついなこれ。意外なことで俺は心にダメージを受けてしまう。

真冬と同棲していた時に起きた苦い経験が頭によぎったせいである。

ただいまと言ったらおかえりが聞こえるのは間違いじゃない。

俺と真冬の間でもそうだった。

言い争いをした日を除けば。

ただいまと言っても返事がなく、顔を合わせたら、目をそらされた。

ふと、俺は今思い出したようなことがシェアハウスで起きないのか気になり、靴を脱いでる日和さんに聞いていた。

「例えばですけど、住人と住人が喧嘩《けんか》してるとき、ただいまと言っても、お帰りって言われないことはあるんですか？」

「ありますよ。でも、喧嘩してるときとかは大抵、当人同士は共用スペースにほとんどいません。そもそも顔を合わせることが少なくなります。だから、そんなに気にはなりません」

「なるほど」

一緒に住んでいたら、何か起きたときに気まずくなると思ったが、ここにはそれぞれの部屋がある。

自分しかいない部屋に引き籠れるから、気まずくなくなるまで互いに顔をあんまり合わせないようにできる訳だ。

１ＤＫの部屋での真冬との暮らし。

あの時は顔を合わせたく無かったら、家に帰らないという選択肢しかなかった。

ひとり、一部屋。俺と真冬もそう言う風にできていたら、変わっていたのか？

いやいや違うだろ。恋人と同居人は全くの別物だろ。

恋人ならたとえ、ワンルームで喧嘩しようが普通に仲直りできたはずだ。

って、何を未練がましく、思いに耽《ふけ》ってんだ？

「はあ……」

真冬との出来事を思い出したからなのか、ただ疲れているだけなのか。

どっちのせいで、ため息が出たのかよくわからない。

手を洗った後、リビングに居た小春ちゃんと朝倉先輩に挨拶して自分の部屋へ。

「真冬からか」

部屋に入って割とすぐに、隣の部屋に住んで居る真冬からスマホにメッセージが届く。

『ちょっとそっちに行くから』

メッセージを確認してると、真冬がこっちにやって来る足音が聞こえてきた。

「ドア開けてよ」

「ん？　まあ、良《い》いけど」

ドアを開けると、真ん前には綺麗《きれい》に折り畳まれた服を持っている真冬が立っていた。

「その服は？」

「悠士の。取り込むのを忘れてバイトに行ったでしょ？」

「あ〜、雨降ってたっぽいし代わりに取り込んでおいてくれたのか」

「そういうこと。じゃ」

わざわざ丁寧に折り畳んでくれた服を受け取る。

俺は課題を見てあげた後の真冬みたいに振る舞った。

「ありがとな。取り込んで貰《もら》ったのに加えて、わざわざ畳んでくれてさ」

「……前はお礼なんて言わなかった癖に」

「そっくりそのまま返す。お礼を言わない方がおかしかった」

反省してるのもあるが、小春ちゃんと会話を重ねるごとに思い知らされた。

どんなに些細《ささい》なことでも、お礼や気遣いを忘れちゃいけないことを。

あんな風にうざく絡《から》まれても嫌な気がしないのは、小春ちゃんはきちんとお礼を言うし、何だかんだで気遣いは欠かさないからだ。

真冬も言っていた。彼氏彼女の関係に甘えて何もかも甘く見ていたと。

それは俺も同じ。

小春ちゃんが得意とする気遣いというものをすっかり忘れてしまっていたのだろう。

「反省してるんだ。悠士も……」

「まあな」

「そっか。そうなんだ。……それじゃ」

服を渡してくれた真冬は俺の部屋の前から去って行く。

何事もなかったようにスマホを弄《いじ》り始め20分が経《た》った。

そんな時、俺の部屋にいきなり真冬が侵入してくる。

「ノックぐらいしてから入ってくれよ」

いきなり断りもなく部屋に入って来た真冬に文句を言ったのと同時だった。

「ごめん。ごめんね。面倒くさくてさ」

俺の方へ謝りながら近寄って来た真冬にぎゅっと抱き着かれてしまう。

「なにを⁉」

何が何だか分からない。

ひとまず、俺に抱き着き顔をうずめている真冬を引っぺがしたら、真冬の顔色が赤い上に、口元からほんのりアルコールの匂いがするのに気が付く。

「酒でも飲んでるのか？」

「うん。嫌なことを忘れたくて飲んだ。でもさあ、逆にさ、逆にさ、忘れるどころか苦しくなって……。だから、取《と》り敢《あ》えず悠士にいっぱい謝りにきた」

「お、おう」

「冷蔵庫にあったアイスは勝手に食べたし、暑苦しいからってベッドから落としたし、本当にごめんね……ごめんねぇ……」

酔ってるせいか、普段よりも素直に謝る元カノ。

謝罪を聞き続ける中、俺は未練がましくこう考えてしまう。

本当に俺と真冬はやり直せないのか？

今の真冬を見ていると、やり直せないのか？　とばかり考えてしまう。

真冬は俺の気持ちにお構いなく愚痴り続ける。

「悠士とは一生仲良くできると思ってたのに。終わりは呆気《あっけ》なかったよね」

小春ちゃんに何度も言われてるが、昔の俺は根暗でオタクだった。

片や真冬はリア充でクラスのトップカーストで俺とはほとんど無縁の存在。

情けなく俺に抱き着き愚痴る真冬は文句のつけようがないくらい綺麗。

俺の体に鼻を埋《うず》めるほど、きつく抱き着いて来る元カノを介抱するも、単調なやり取りを繰り返すばかりだ。

何かを考える余裕があったせいか、気がつけば——

俺は氷室《ひむろ》真冬と仲良くなり始めたきっかけを思い出していた。

＊

——高校1年生の秋。

放課後。一緒に掃除当番だった奴《やつ》らはちょっと薄情者で、俺がゴミ捨てに行っている間に片付けを済ませ部活に行ってしまった。

物寂しい雰囲気の中、帰り支度を済ませ教室を出ようとしたときだ。

「おっと」

躓《つまず》いて体勢を崩し、クラスメイトである氷室さんの机を引っかけてしまった。

机は倒れ中身が飛び散った。

悪いことをしたなと思いながら、零《こぼ》れ落《お》ちた机の中身を拾い始める。

「ん？」

一冊のブックカバーがつけられた文庫本。

カースト最上位のリア充でクールで美少女と名高い氷室さんが読んでる本。

ふと気になってしまい、パラパラとページを捲《めく》りたい気持ちに駆られる。

が、さすがにそれは気持ち悪い。勝手に見るのはあまり褒められたことじゃない。

俺がそっと文庫本を机の中に戻そうとしたときだ。

教室の前方から俺のもとへ誰かがやって来た。

「見た？」

綺麗で曇りのない瞳を向けてくる者の名前は氷室真冬。

クラスで一番綺麗で可愛《かわい》いと言われている彼女の剣幕に俺は圧倒されおどおどと答えた。

「み、見てない」

「嘘《うそ》つかないで良いよ。で、どうしたら黙っててくれる？」

「黙ってるって？　どういうことだ？」

「お願いだから、私がその本を読んでたことだけは誰にも言わないで？」

ぎゅっと制服のスカートの裾を握って懇願して来た氷室さん。

ごくりと息をのむ。この本を読んでいたことを氷室さんは周りにばらされたくない？

一体、何の本を読んでたんだ？

中身なんて見てないのに、見られたと勘違いされている。

ということは、『秘密を言いふらされたくなかったら〜』なんてことも言えちゃうのか？　いや、もちろん人として言わないけど。

俺は正直に誤解を解きに掛かる。

「この本の中身なんて見てないからな。逆に聞くがこの本って何なんだ？」

「本当に見てないの？」

「ああ。本当に見てない」

「そっか。じゃあいいや。ごめん。変に疑ってさ」

「俺の方こそ悪い。机を倒しちゃって」

盛大に机を倒し中身を飛び散らせたことを謝る。

そしたら、先ほどの剣幕はどこに行ったのやら、氷室さんは落ち着いた表情を取り戻し、散らかした机の中身を拾うため腰掛けて一緒に片付けてくれる。

ちょっとした沈黙が訪れ、妙に気まずくなった俺は念を押しとく。

「安心してくれ。本当に本には触れただけだ」

「君が見てないって言うのは雰囲気でわかってる。もしかして、見られたかもって思って慌てちゃっただけ。本当にごめんね。疑ってさ」

「ちなみに机はわざと倒したとかそう言うのじゃないからな？」

「知ってる。君が躓いて倒したのは廊下から見えてたからね。で、急いで君のもとに駆けて来たわけ。うん、本当に見られて無さそうで安心した」

「というか、俺が氷室さんの秘密を知った所で、何も意味ないと思うんだが？」

「確かに、君が私のことを言いふらしたって、誰にも信じてもらえないかもね……。うん、焦《あせ》って損したかも」

「お、おう」

「あ～。さすがにちょっと今の言い方は無かったかな」

「気にしないでくれ。俺が自虐したんだし。というか、その文庫本さっさと仕舞った方が良くないか？　様子からして、それを忘れたから戻ってきたんだろ？」

「ま、その通りだよ」

氷室さんは俺に見られたと思っていた表紙の見えない文庫本をカバンに仕舞う。

しかし、手元が狂い、本はポロッと床に落ちる。

バサッと音を立てて床に落ちた本。中身は俺に知られたくないもの。

それだというのに、無慈悲にも床に落ちたせいで、緩めに取り付けられていたのかブックカバーが外れ中身が露《あら》わになってしまった。

「無職だった俺、転生して神になる？」

露わになった本のタイトルをぽろっと口にしてしまう。

「終わった……」

顔面蒼白になり氷室さんは立ち尽くす。

彼女が知られたくなかった文庫本の中身は。

アニメが今月から始まる程に人気のライトノベル『無職だった俺、転生して神になる』という作品だった。

「なるほど。そういうことか……」

だから本の中身を知られたくなかったのか。それは俺でも容易に想像できてしまう。

「私がこんな本を読んでるって思って無かったでしょ？」

そう、氷室さんはリア充だ。

さらには、陰キャ寄りのオタクと相反する陽キャグループの人間。

「確かに、氷室さんがいるグループの奴らにバレたら馬鹿にされそうだ」

ラノベやゲームなどオタク文化から遠い女子で構成されたリア充グループ。

そこに所属する氷室さんがライトノベルを読んでるなんて誰も思う訳がない。

「うん……。だから秘密にしてたのにね。バレちゃった……」

暗い顔で落ち込む氷室さん。

確かに言いふらされたら『うわっ。氷室さん。ラノベが好きとか、普通に無いわ～』って仲間外れにされかねない。

開口一番、すごい剣幕で俺に『見た？』って聞くのも十分理解できる。

感慨深い何かに囚《とら》われていると、氷室さんが俺に勢いよく頭を下げた。

「お願い。黙ってて欲しい。私にできることならなんでもするから！」

「いや、さっき言われた通り、どうせ氷室さんがラノベを読んでるって、俺が言いふらしたところで誰も信じないだろ」

「そうだけど……」

それでも腑《ふ》に落ちない顔で思い悩んでいる。確かに今まで築き上げて来た人間関係、それを失うんじゃないかと思うと不安でしょうがなくなるのは仕方がない。

オタクバレして、リア充グループで爪弾《つまはじ》きにされるのは可哀《かわい》そうだ。

特に氷室さんの友達には一人、オタクを物凄《ものすご》く毛嫌いしている子がいる。

その子にバレでもしたら、酷《ひど》い目に遭う可能性が高い。

自分達のグループにはオタクなんていなくて、陽キャの塊であることをいつも主張しているのだから。

氷室さんが『無職だった俺、転生して神になる』という転生チートものと呼ばれる小気味よさを追求したライトノベルを読んでる、と言いふらすつもりはない。

困ったな。俺が言うつもりはなくとも、氷室さんは不安でしょうがなさそうだ。

「氷室さんも俺の弱みを握れば安心できる？」

「えっ？」

「俺が言いふらせないように俺の弱みを握れば安心できるかって聞いてる」

「君にメリットがないでしょ？　それで良《い》いの？」

「俺が言いふらさないか心配なんだろ？　そうだな。もし俺が氷室さんはライトノベルを読んでるって言いふらしたら、これを周りに見せつけてやれば良い」

スマホを取り出す。同じクラスということもあり、氷室さんの連絡先を一応知っている俺は俺の弱みになりそうなメッセージを送った。

『あなたのことが好きです。付き合ってください』

その画面を見た氷室さんが即答する。

「え？　なにこれ。取《と》り敢《あ》えず、返事だけど、ごめんね。無理」

知ってる。

「こ、告白じゃないから。もし氷室さんがライトノベルを読んでるって俺が言いふらしたとしたら、それを使えば良い」

「どういうこと？」

「告白を受けて貰《もら》えないからって、私がライトノベルを読んでるって変な嘘を言いふらされて本当に困る。っていう感じでそれを周りに見せれば、俺の言うことなんて周りは絶対に信じないだろ」

「そんな簡単に私のことを信じて良いの？　このメッセージってさ、君の方が私よりも不利になっちゃわない？」

「あっ……」

言われてから激しく後悔する。これ、俺が不利過ぎるだろ。

クラスでは地位が低い。友達も少ない。これ以上、下になるのは御免だ。

氷室さんに送ったメッセージを周りにバラされようものなら俺はどうなる？

焦りに焦りを感じる中、俺は氷室さんに強がった。

「氷室さんはそんなことをする人に見えないから。だって、リア充グループにいようが、ラノベとか漫画を馬鹿にするような発言、一言も氷室さんの口から聞いたことないし」

「そっか。ありがと。わかった。安心して、君が……いや、加賀君が秘密を言いふらさない限り、このメッセージを他人には絶対に見せない。私が悪いのに迷惑かけちゃったね……」

リア充グループに所属する氷室さん。

彼女が発した言葉は真っすぐで、嘘偽りは感じられなかった。

ちょっとした秘密を共有しただけ。

俺と氷室さんは何食わぬ顔で互いに別の日常を生きていく……。

と思っていた。


またまた放課後、ゴミ箱の中身を捨てに行っていたら、いつの間にか他の奴《やつ》らに帰られて一人になっていた。

そんな俺に、どこからともなく現れた氷室さんが近づいて来る。

「私の秘密。周りに言いふらしてないよね？」

「言ってない」

クラスの中心であり、花形である氷室さん。

一方、俺はというと、オタク趣味を共有できる数人の友達と、クラスの片隅で細々と暮らしている小心者。俺の発言に力などないに等しい。

第一、俺は氷室さんに告白ともとれるメッセージを送ってしまっている。

ライトノベルを読んでるって俺が言いふらしたとしても、それを覆《くつがえ》せる。

そこまで心配する必要は無いというのに、わざわざ放課後に俺のことを待ち伏せし、釘《くぎ》を刺してきたのはなんでなんだ？

「それなら良いんだけどさ……」

「っと。そう言えば、あれのアニメが今日から始まるな」

氷室さんが読んでいたライトノベルを原作としたアニメが今日から始まる。

誰もいないのを確認してから俺はちょっとした雑談を持ちかけていた。

「まあ、私の家だと最速で放送してくれる地方局は映らないけどね。本放送の１週間後にアップされるネット配信で見る予定。か、加賀君とこは地方局が映るから、最速で見られるんだっけ？」

「何で知ってるんだ？」

「きょ、教室で友達と話してたじゃん」

「よ、良かったらＤＶＤに焼いて持ってくるか？　ネット配信よりも早く見たいだろうしさ。あの作品が好きなんだよな？」

「え、良いの⁉」

血相を変えて凄《すご》い食いつきを見せる氷室さん。

なるほどな。買って読むほど好きな作品のアニメ化。

なるべく早く視聴したいのは当たり前だ。

もしかして、俺が秘密を言いふらさないよう釘を刺すために近づいてきたんじゃなくて、本当は……このために近づいてきたのか？

「氷室さんって意外と素直じゃない？」

「うっ。だって、そんなに仲良くないのに頼むのは申し訳ないじゃん」

やっぱりそうか。なんか、可愛《かわい》いな。素直じゃないのが子供っぽくて。

釘を刺しにきたんじゃなくて、今日放送されるアニメをＤＶＤに焼いて、持ってきて貰いたかったんだ。

こっちの様子を心配そうに見つめる氷室さんに宣言する。

「分かった。ちゃんと、ＤＶＤに焼いて持ってくる」

俺と氷室さんの付き合いは『一冊のライトノベル』から始まった。

それはきっと忘れることはできないだろう。

＊

「ふぅ……やっと解放されたな」

謝り続ける真冬を落ち着かせ、隣の部屋に押し込んだ俺は1階へと降りた。

深夜1時を過ぎたリビングを通り、冷蔵庫から飲み物を取り出す。

出したペットボトルを手にしたまま、自分の部屋へ戻ろうとする。

「やあ、加賀くん」

「あ、どうも」

髪の毛を拭きながら歩く朝倉龍雅《りゅうが》先輩と出会う。

シャワーを浴びて来たせいなのか、いつもと顔つきが若干違う気がする。

「随分とぐったりとした顔をしてるね」

「あ〜、まあ、色々とです。朝倉先輩はいつもこの位まで起きてるんですか？」

「大学生はこんなもんだと思うよ」

「そう言われてみればそうですよね」

大学生は夜更《よふ》かしが大好物だ。

講義が2限からだとか、3限からだとか、大学に行く時間が日々違う。

明日は遅いし夜更かしをしても大丈夫。

気が付けば夜型へと切り替わって行くのは……よくある話だ。

「さてと、それじゃあ僕は部屋に戻るよ」

「あ、はい」

去って行く朝倉先輩をなぜか俺は呼び止める。

「少しだけ飲みませんか？」

真冬のせいでぐちゃぐちゃにかき乱された落ち着かない気持ち。

誰かと何かを話すことで忘れたくて声を掛けていた。

ちょうどお酒も『加賀君の歓迎会でしたし、余ったお酒はプレゼントです』と日和さんから貰ってるしな。

「うん。良《い》いよ」

「え、あ、はい」

意外とすんなりOKされたな……。

「別に明日は早いわけじゃないしね。それに人との交流が嫌いなら、こんなところに住んでないよ。でもまあ、やっぱり無しかな」

「ん？」

朝倉先輩が向けた視線の先。

リビングのソファーで毛布を被って無防備に寝ている小春ちゃんがいた。

「加賀くんは随分と小春ちゃんに懐《なつ》かれてるんだね。悪戯《いたずら》されないと信じてるじゃないか」

「それを言うなら、朝倉先輩もじゃ……」

「確かに悪戯するのは男に限らないか。せっかく飲みに誘ってくれたけど、また今度で」

「別に俺の部屋で良いですよ。誰かに見られて困る物があるわけじゃないし」

「……ん～、中々に大胆だね。まあ、良いか。加賀くんは悪い子じゃなさそうなのを小春ちゃんからよく聞いてるし。それじゃあ、お部屋にお邪魔しようかな」

朝倉先輩と飲むことになった俺。

氷を入れたグラスと歓迎会で余ったお酒を手に俺の部屋へ。

互いに適当に腰掛け、軽いおつまみをつまみながらお酒を飲み始める。

「ふ～。で、わざわざ僕を呼び止めてまで、お酒を飲みたくなった理由を教えて貰《もら》おうか？」

グラスを持つ姿が似合う朝倉先輩はにやりとこっちを見ながら聞いてきた。

真冬とのことを言うのも憚《はばか》られる気がするも、モヤモヤとした気持ちを誰かにぶつけて発散したくてしょうがない。

……まあ、ところどころ嘘《うそ》や冗談を織り交ぜればバレることは無いよな。

「いや～、元カノへの未練が中々に消えなくて困ってるんですよ」

「その憂《う》さ晴《ば》らしに僕を飲みに誘ったと。で、加賀くんは何でそんなに未練たらたらなんだい？」

「あー」

嘘を織り交ぜるために時を稼ぐ。

ちょっとばかり時間を掛けて朝倉先輩に答えた。

「あれです。自然消滅しただけで、嫌いになって別れたわけじゃないんですよ」

「それは確かに効くね……」

「そうなんですよ。で、今になって連絡がきたって感じで……」

超嘘だが、似たようなもんだし別に良いだろ。

「連絡か〜。復縁したいとか？」

「いや、それが別に復縁する気はないって」

「なるほどね」

聞き上手な朝倉先輩に俺は色々と愚痴った。

自分のことばかり話し続けるのもあれだと思い、朝倉先輩自身のことを聞く。

「朝倉先輩は何人くらい女の子と付き合ったことがあるんですか？」

「あははは、僕かい？　幾ら、女の子にモテるからってそう簡単に付き合えるわけがないじゃないか」

酔いが回ってるからか陽気に答えてくれた。

言われてみればそうだ。モテるからって簡単に付き合うかはその人次第だ。

「そうですね。簡単に付き合えるわけがないか……」

「そうだよ？　簡単に付き合えるわけがない。さすがに女の子と付き合うのは覚悟なしじゃ、やってけないからね」

「なんかその言いぶりだと、付き合ったことがないみたいな気がしますけど？」

「女の子と付き合ったことは無いよ。この前はぼやかしちゃったけど、僕は恋人すら居たことが無い。というか、僕のことはどうでも良いじゃないか。加賀くんは自分ばかり話しているのもあれだって思って、僕のことを聞いてくれたんだろ？　でも、今日は特別サービスだ。とことん加賀くんの話に付き合ってあげるよ」

「良いんですか？」

「いいとも。で、加賀くんは未練が消しきれない。だったら、答えは意外と簡単なことだと思うよ。というか、もう自分で出してただろうに」

「それって……」

「新しい出会いを求める。加賀くんは未練が消しきれないから、心機一転ここに来たんだろう？　だったら、そういうのもありでしょ。小春ちゃんには随分と懐かれてる。日和さんとも、そこそこ仲良く出来てるし。真冬ちゃんとは……まあ、うん。という感じで、普通にあり得る話だと僕は思うよ」

「いや～、小春ちゃんは妹みたいな存在ですしちょっと……」

「そういうことなら日和さんはどうだい？　意外と男に求めてるハードルが低いからいけるかもよ？」

「厳しいと思いますよ。俺、見た目は頑張ってますけど、中身はあれですし」

「じゃあ、真冬ちゃんは……なしか。相性は良さそうだけど、二人とも微妙に距離を感じるし。となると、後は……僕とか？」

言い切った後、黙った朝倉先輩は静かに俺の目をまじまじと見つめてくる。

ま、まさか。も、モテるのに恋人がまだいない理由って……。


お、男が、恋愛対象だからだったのか⁉


いやいや、最近はそういうの増えてるし、別に否定する立場でもない。

だが、いざ自分がとなると……

「あははは、さすがに僕は無いか」

「あ、いや、なんかすみません」

口では謝っているものの、安心している自分がいる。

「でもまあ、未練が消しきれないならさ、時として強引に新しい出会いや経験を積んでみるのも悪くないと僕は思うよ。さて、良い時間だ。そろそろ、失礼するね。グラスは……」

「飲みに誘ったのは俺なんで片付けはやりますよ」

「それじゃあよろしく。今日は楽しかったし、また飲もうか」

「はい。良ければまたお願いします」

朝倉先輩がいなくなった後、俺はお酒を注いだグラスやらを片付けた。

夜も更《ふ》け眠気も凄《すさ》まじかったおかげか悩んで寝られなくなるということはなく、ベッドに倒れこんだと同時に意識はなくなった。

6章 小春ちゃんとデート？

「ふぁ〜、眠い」

翌朝あくびをしながら、1階に降りると日和《ひより》さんがいた。

「あ、加賀《かが》君。おはようございます」

格好はTシャツにハーフパンツという動きやすそうなもの。

さて、挨拶には挨拶だ。

「おはようございます」

「まだまだ日は浅いですけど、シェアハウスはどうです？　楽しいですか？」

「楽しいですよ。他の住人ともだいぶ打ち解けられてきた気がしますし」

「それは良かったです。さてと、少し遅めですが朝ご飯を作る気なんですけど、良かったら加賀君もどうですか？」

「じゃあ、お願いします。お金は払った方が良いですよね？」

「初回限定サービスで今日は無料にしましょう」

「引っ越したばっかりで節約したかったんで助かります。今月はちょっとお金を使い過ぎてる気がするので」

「おっと、すみません。朝ご飯を作る前にちょっと失礼しますね」

日和さんは、俺の前からいきなり姿を消そうとする。

「どうしました？」

「聞きたいです？」

「じゃあ、聞かせてください」

日和さんは少し照れくさそうにしながらも、落ち着き払った様子で告げる。

「ブラを付け忘れたんですよ。加賀君がいるので、さすがに付けないのは駄目かなと。まあ、このTシャツだけで別に十分だと思うんですけどね」

何食わぬ顔でされたノーブラ宣言。さらには俺を男として意識しているかのような気遣い。正直に言うと、ちょっと気を引かれる何かがある。Tシャツだけで十分などと言われれば、ちらっと日和さんの胸の方へ視線が行く。

「あ。今、見ましたね？」

「そういう訳じゃ……」

「見られたく無ければ見られないようにするのが、このシェアハウスでのルールです。今回は私が悪いので何も言いませんよ。すみません。ちょっとからかっちゃいました」

優し気に笑う日和さんはブラをつけるために、自分の部屋へ戻って行った。

朝食を作ってくれるというので、甘えることにしてリビングにあるテレビを点《つ》けた。

その間に俺は朝倉《あさくら》先輩に言われたことを思い出す。

「忘れるために新しい出会いを求めるか……」

真冬《まふゆ》への未練を消しきるためには、そんな方法も一つの手段と言える。

未練が消しきれないからこそ、俺は心機一転ここに引っ越してきた。

自分で分かっていた答えを、今一度はっきりと朝倉先輩の口から言われることで、再認識した俺は決意しかけるも……。

「ん。真冬か。おはよう」

真冬が1階に降りて来たことに気が付いた俺は挨拶する。

「き、昨日はごめん。本当にごめん」

周りに誰もいないと確認してから、真冬は勢いよく俺に頭を下げた。

顔は恥ずかしさのあまり真っ赤である。

「気にすんな。ほら、誰かに見られたら困るからさっさと顔を上げた上げた」

「う、うん」

新しい出会いを求めようとしたらこれだ。

未練を断ち切らせないかのように、俺に関わって来るのは本当にずるいと思う。

得も言われぬ気持ちで真冬を見ていたら、日和さんが戻ってきた。

「あら、真冬ちゃん。おはようございます」

「あ、おはよ」

「真冬ちゃんも朝ご飯を……と思ってましたけど、早い時間からバイトでしたっけ？」

「これからバイトだね。急がないとだし気持ちだけ受け取っとく。ありがと」

今日は早い時間から予定のある真冬はそそくさと準備を始める。

時間に余裕はなく、あっという間に準備を終えてバイトへ行ってしまった。

一方、俺は時間に縛られる理由も無いので、ゆっくりとリビングでくつろぐ。

とはいかず、キッチンでは日和さんが朝ご飯をせっせと作っている。

さすがにここで知らぬ存ぜぬでいられるほど、ずうずうしくない。

「手伝いますか？」

「いえいえ、一人で十分ですよ」

その言葉に嘘《うそ》偽りはなかった。

5分と掛からず日和さんは朝食を作り終えてしまう。

「加賀君。できましたよ」

焼いたベーコン。スクランブルエッグ。レタスにコーンが載った簡単なサラダ。

そして、こんがり焼き目が食欲をそそるトースト。

全てが綺麗《きれい》に1枚のプレートに纏《まと》めてあり、本当に美味《おい》しそうだ。

「どうもです。それじゃ、頂きます」

「はい、召し上がれ」

日和さんに作って貰《もら》った朝ご飯を食べ始める。

こういう風にしっかり朝から食べるのも悪くない。大学生になってから、朝に弱くなった結果、朝ご飯なんてまともに取る日の方が少ないしな。

「ふああ～。おはようです」

あくびしながら1階にある自分の部屋から出てきたのは小春《こはる》ちゃんだ。

昨日の夜はソファーで寝てたのに、いつの間に部屋に戻ったんだか。

「おはよう。小春ちゃん」

「あ、悠士《ゆうじ》先輩。お姉ちゃんに朝ご飯を作って貰ったんですか？」

「せっかくだしな」

「それにしても、お姉ちゃんの作る朝ご飯は、普通で面白くないですね」

「小春。文句言うなら、自分で作ったらどう？」

「嫌ですね～。面白くないって言ってるだけで、これはこれで立派な朝ご飯なのは私にだってわかりますよ？　お姉ちゃん！　いつもありがとうです」

「色々と雑なお礼ですが、言わないよりかマシなので良しとしますか」

少し呆《あき》れながらも日和さんは、小春ちゃんの前に俺と同じ朝食を置いた。

「さてと、いただきます」

小春ちゃんは手を合わせ俺と同じく遅めの朝食を摂《と》り始める。

せっかくの一緒の朝、タイミングを見計らい俺は話しかけた。

「そういや、昨日はソファーで寝てたけど、いつの間に部屋に戻ったんだ？」

「あ～。私はソファーで寝てませんよ？」

何食わぬ顔でしれっと誤魔化そうとする。

日和さんが目を細めにっこりと笑った。

「私はリビングで寝るなって言わなかった？　小春？」

「いやいや、寝てないですって。ゆ、悠士先輩が見間違えただけですって」

「朝倉先輩も見たからな。誤魔化すんじゃない」

「っく。先輩の意地悪。話合わせてくれても良いのに。まったくもう……」

「罰として、後でおつかいに行くこと。わかったら返事！」

「はいはい。わかりましたよ～だ」

言い方は素直じゃないが、歯向かう気は無さそうな小春ちゃん。

反論しないのか？　と思っていたら、心外だと言わんばかりに説明を始めた。

「悠士先輩。私が素直なのがおかしいんですか？　まあ、そうでしょうね。だけど、私は逆らえません。そう……。お姉ちゃんの機嫌次第で、私は実家へ強制送還されるんですよ。まあ、逆らって良いときは逆らいますけどね！　今回の件はつい最近も怒られてます。なので、逆らったら絶対に怒られるので素直が一番です」

「日和さんの匙《さじ》加減《かげん》ひとつで、シェハウスから出て行かざるを得ないのか」

「そういう訳です。私もここを追い出されたくないですし」

「てか、なんでシェアハウスに住んでるんだ？」

「お母さんとお父さんがきもいからです。よりを戻したっていう訳で、もうお互いに反省すべきところは反省してるし、喧嘩《けんか》はしてもすぐに仲直りしてるし。本当に見てられないほど、イチャイチャなんですよ……。再婚して5年も経《た》ったのに」

やれやれと肩を竦《すく》める小春ちゃん。

さらに横で苦々しく笑う日和さんの顔がそれが事実だと物語っている。

「ちなみに、どうやって小春ちゃん達の両親はよりを戻したんだ？」

「お父さんとお母さんはお姉ちゃんのことだったり、私のことだったりで何度か顔を合わせる機会がありました。で、会うたびに冷めていた二人の気持ちは少しずつ再燃していったそうです。そして、時間を掛け再婚を選択したと。しかも、それを私達から見えない所でしていたので、再婚するって聞かされたときは本当にびっくりしました」

気が付けば小春ちゃん達の両親が復縁するまでの話を食い入るように聞いていた。

再婚すると聞かされたとき、どう思ったのかを質問してしまう。

「小春ちゃんは二人が復縁するときに反対しなかったのか？」

「二人ともちゃんと反省してたので別に……。あ、もしかして悠士先輩。元カノさんと復縁したくて、色々と聞いてるんですか？」

面白いものを見つけたと言わんばかりに詰め寄られる。

「ちがうからな」

「え～、本当ですか？　ま、そうですよね。復縁したければ、わざわざシェアハウスに新しい出会いを求めて引っ越しませんし。とはいえ、ずるずる引きずってるのは見え見え。では、その未練、私が解決してあげましょう！」

「彼女がいないって思ってたのはどこのどいつだ？　信じてないんだろ？」

「私もさすがにリア充の端くれ。先輩に彼女がいたかなんて見抜くことくらいできますよ。嘘くさかったですけど、反応からして彼女がいたのは本当っぽいって思い直しました。小春ちゃんは間違いをちゃんと認められる子ですからね」

「というか、具体的にはどういう風に俺の未練を断ち切らせてくれるんだ？」

「まず私とお出掛けします。そして、私と一緒にツーショット写真を撮る。それを元カノさんに送り付ける。ふふふ。どうです？　元カノに『俺はお前と別れてもすぐに彼女ができる男だったんだ。別れたことを悔しがれ！』とマウントを取り優越感に浸れるわけですね？　すっきりしそうでしょう？」

ずる賢こそうな表情を浮かべる小春ちゃんは俺にそんな話を持ちかけて来る。

「ドン引きなんだが？　さすがにそこまで俺も性悪な性格してないっての」

「まあまあ、そう言わないでください。口ではそう言ってますけど、明らかに今私に言われたことをしたいって顔をしてますよ」

「してない」

「ノリ良く行きましょうよ～。悠士先輩～」

小春ちゃんは俺の方にやって来てグラグラ体を揺らしてくる。

しつこいなと思っていたら、日和さんが優しく微笑《ほほえ》みながら謝ってきた。

「すみません。小春がしつこくて」

「いつもこうなんですか？」

「いえ。加賀君だからだと思いますよ。この子、お父さんとお母さんがよりを戻して、みんなで一緒に暮らし始めた頃はずっと、お兄ちゃんに頑張れって言われたから、ちゃんと頑張らないとって言うのが口癖なくらいでしたし。たぶん、何だかんだで加賀君と再会できてテンションが上がってるんでしょうね」

「お、お姉ちゃん。嘘言わないでくださいよ！」

「ああ、そうか。俺の元カノに自分とデートしてその証拠を送り付け、嫌がらせして未練をなくそうだなんて言ってるけど、本当は俺と遊びたいだけだったのか？　悪いな、真意をわかってやれなくて」

「ち、ちがいますよ⁉　元カノに負わされた傷を癒《いや》してあげたい親切心からですう～～」

「ま、そういうことにしておこう。あ、もしかして、俺に昔と変わったのを見せつけるためにうざ絡《がら》みしてきてたんじゃなくて、本当は昔みたいに俺に甘やかされたくて絡んできてたのか？」

焦《あせ》る小春ちゃんが可愛《かわい》いので、もう少しだけ可愛がることにした。

再会してから、からかわれっぱなしだったしこのくらいは許されるはずだ。

必死に否定する小春ちゃんは、捨《す》て台詞《ぜりふ》を吐いて俺の前から消えていく。

「悠士先輩のば～か！　さっさとご飯食べてください！　玄関で待ち合わせですからね！」

「普通にお出掛けは行く気なんだな。ま、今日は暇だし付き合ってやるか……」

「すみません。小春をよろしくお願いしますね」

仲睦《むつ》まじい兄妹《きょうだい》を見守っているかのような笑みを浮かべる日和さんに小春ちゃんのことをお願いされてしまう。

日和さんと俺は何だかんだで最近まで他人だった。

それなりに信用してくれているみたいだが、心配じゃ無いのかと聞いたらこうだ。

「ん～。さっきもそうですし、加賀君のことは色々と確かめてますからね」

「さっきも？」

「ノーブラの件ですよ。実はあれ、加賀君の反応を見るために、わざとノーブラだと言いましたし」

「意外と策士なんですね。日和さんって」

「私はこのシェアハウスのオーナーであり管理人。住人を守る義務がありますからね。だから、ちょこっとだけ加賀君がどういう子なのか調べたくて、さっきはノーブラだって言う必要がないのにわざわざ言いました。本当だったら、普通に黙ってブラを付けに行きますよ。すみません、騙《だま》すようなことして」

色々と大人な日和さん。

そんな彼女は優し気に笑いながら俺に告げた。

「私は加賀君が良い子だと信じてます。信頼を裏切らないでくださいよ？　裏切った場合、このシェアハウスから追い出さなくちゃいけませんので」

「せっかくシェアハウス生活が楽しくなってきたのに、わざわざ自分から手放すつもりはありませんって」

「ふふっ。そうでしたか。それじゃあ一安心ですね」

日和さんはそう言うと、朝ご飯が載っていたプレートを片付け始めた。

＊

今日は日曜日。しかも、バイトもないときた。

なら、小春ちゃんに付き合ってあげるのもそう悪くない。

一緒にお出掛けすると約束してから、30分後。

俺と遊びたいからって『私と遊んでる証拠を送り付けて、元カノさんに嫌がらせしましょう』だなんて言い訳をする可愛い妹を、見慣れて来た玄関先で待つ。

さてさて、昔みたいにちゃんと可愛がってあげようじゃないか。お、来たな。

「お待たせしました。ふふふ。悠士先輩が喜ぶと思って高校の制服ですよ！」

現れたのは学校に行くという訳でもないのに、制服を身に纏《まと》った小春ちゃん。

俺が喜ぶからという点は無視しつつ、似合っている制服姿はちゃんと褒める。

「最初に脱衣所で会ったときも思ったけど、制服がよく似合ってるな」

「ですよね？　さてと、行きましょう！　元カノさんへ、俺はモテるんだとアピールし、後悔させ優越感に浸るために！」

「だから、そんな性悪なことしないって。で、どこに行く？」

「こう見えて私はコンスタグラマー。今日は流行《はや》りのタピオカジュースをコンスタ映えさせたいので、タピオカを飲みに行きましょう！」

「コンスタが好きなのか？」

写真に一言コメントをつけ共有するSNS。その名も——コンスタグラム。

小春ちゃんが言ったコンスタグラマーとは、利用している人の通称だ。

世代を問わず、そこらにいる小学生からおじいちゃんまで誰もが知っているSNSだ。

「はい、好きですよ。最近はみんなチックタックにドハマりしてるみたいですけど。私はコンスタ一筋です」

チックタックとはショートムービーを投稿するのをメインとしたSNS。

踊ってみたり、笑いを取るために奇抜な行動をしたり、歌に合わせて口パクをするといった色々な動画が公開されている。

若い世代に絶大な人気を誇り、今まさにブーム真《ま》っ只中《ただなか》だ。

「コンスタ映えとか言ってたのに、いつの間にかチックタックの方にドハマりしてる奴《やつ》が大学でも多いな」

「あ、悠士先輩は何かSNSをやってるんですか？」

「教えたら俺のアカウントを探してきそうだし止めとく」

一応、ほとんどのSNSでアカウント自体は作ってある。

漫画やラノベ、アニメの最新情報が流れてきやすい、一度の投稿に140文字の制限があるツエッターは勿論《もちろん》のこと。

コンスタとかも自分から投稿はしないが、ちょくちょく友達の投稿を見るためにアカウントは作成済み。

チックタックもほとんど使って無いが一応アカウントを持っている。

「教えてくださいよ。私ともっと繋《つな》がりましょうよ～」

「うるさそうだからダメだ。ほら、前見て歩け。車に轢《ひ》かれるぞ？」

「轢かれませんって。悠士先輩は心配性なんですから。そんなに心配なら手でも握っておいてください」

小春ちゃんは手をわざとらしく俺の方へ出してきた。

小さい時は手を繋いでやれたが、互いに年を取ったので今、手を繋ぐのは微妙なライン。

だがしかし、手を繋がなかったら、繋がなかったでうざそう。

相手は、あの俺の後ろをちょろちょろしてた妹みたいな小春ちゃん。

気にしすぎてもしょうがない。

「俺と手を繋ぎたいのは小春ちゃんだろ」

目の前に出された手をぎゅっと握ってやる。

妹みたいなもの。年齢的にはまだまだ子供だしなんの問題もないよな。

「うえっ⁉」

いきなり手を繋がれて驚く小春ちゃんが可愛らしく声をあげる。

リア充女子だけど、まだ高校1年生は高校1年生らしかった。

「意外と初心《うぶ》なんだな」

「くっ。実際そうなので言い返せません……。というか、手を離してください」

「昔っから危なっかしいし、日和さんにお願いされてる。怪我《けが》させられない」

「くぅ〜。大人マウントを悠士先輩に取られるとは思ってなかったのに……」

思春期真っ盛りなお年頃。

なんだかその様子が妙に可愛くて、ついつい虐《いじ》めてしまうのであった。

＊

小春ちゃんの手を繋いだまま歩いたのも束《つか》の間《ま》。

いつの間にか巷《ちまた》で話題なタピオカドリンクのお店に辿《たど》り着《つ》いていた。

「混んでるな……」

「日曜日ですからね。悠士先輩は並ぶのは嫌いですか？」

「そんなに嫌いじゃないぞ。今はこれがあるし」

ポケットから取り出したスマホ。

ネットもできるし、ゲームもできる。最強の暇つぶしアイテムだ。

「あれ？　せっかく取り出したのに弄《いじ》らないんですか？」

「横に女の子の連れがいるのに無視するほど、デリカシーには欠けてない。という訳で、小春ちゃんが高校1年生になって大分たったはずだ。そろそろ、色々と面白いネタの一つや二つできただろ？　せっかくだし何か話を聞かせてくれよ」

「くー……。ここでも大人マウントですか。まあ、良いでしょう。うちの高校に伝わるちょっとした都市伝説でもしてあげますね」

一応、小春ちゃんの通っている高校は俺の母校でもある。

真冬との関係がバレるので、俺も通っていた高校だったことは言うつもりはないけど。てか、うちの高校に都市伝説ってあったっけか？　いや、俺の交友関係は狭かったし、俺の知らない所ではきっとあったんだろう。

さてと、どんな話が出てくるのやら……。

「都市伝説名、いるはずなのにいないイケメン俳優に似た男子生徒」

「すー」

思わず深く息を吸ってしまう。

「どうしました？」

「いいや、何でもない。続けてくれ」

「じゃあ、続きを。2年前か3年年前、私の通う学校にはクール系美少女でサバサバしてる女の先輩がいました。それはそれはもう目立つ女子生徒だったそうです」

「な、名前は？」

「それがプライバシーの保護のため名前は出しちゃダメ。という訳で、私にこの都市伝説を教えてくれた人も、名前は教えて貰《もら》えなかったそうです」

「まあ、プライバシーは大事だよな。うん、超大事だ」

ほっと胸をなでおろす。ふぅ……。

「それでは続きです。その名前がプライバシーの保護のため伝えられない綺麗《きれい》な女子生徒。彼女は放課後になると、イケメン俳優に似た同じ高校の制服を着た男子生徒と遊んでたらしいんですよ。周りは誰なの？　と茶化して聞いたり、探したり、色々したそうなんです」

「……どこを探しても見つからなかった」

「そう、そうなんですよ！　どこを探しても、誰に聞いても『イケメン俳優に似た男子生徒』がいなかったんです。綺麗な女子生徒も教えてくれないので、本当に誰なのかわからなかったそうです。超怖いですよね。いるはずなのに、見つからないなんて」

「あ、ああ。こ、怖いなあ～」

「あれ？　なんか震えてませんか？　怖い話といっても、謎要素が強いだけで、震えるような話では無かったと思うんですけど？」

横でちょっと震える俺に不思議そうな顔をする小春ちゃん。

色んな気持ちが駆け巡ってるせいか、めちゃくちゃ震えが止まらない。

「あ、ちなみにいるはずなのにいない男子生徒に似ているって噂《うわさ》だったイケメン俳優さんは、真冬先輩が好みの男性って言って見せてくれた俳優さんですよ！」

「そうなのか。いやあ、偶然だな」

「というか、あれ？　そういえば、先輩って話題に出たイケメン俳優さんに似てますね。まさか、正体は悠士先輩だった？」

「ち、違うだろ。たまたまだ」

「あははは、そうですよね。悠士先輩が謎の男子生徒な訳がありませんよね！」

笑う小春ちゃんだが、俺は全く笑えない。

「俺がその都市伝説に出て来る謎の男子生徒な訳がないだろ？」

謎だと噂になり、都市伝説にすらなっている男。

その正体は――俺こと加賀悠士なのだから。

一時期、噂されたのは知っている。

卒業した今、まさか学校で都市伝説化され、語り継がれてるとはな。

めちゃくちゃに恥ずかしい。目立ちたがり屋じゃない俺からすれば悶絶《もんぜつ》ものだ。

てか、絶対に俺だってバレないでくれよ？

思い出に浸りながら、タピオカを飲むため列に並んでいると小春ちゃんは俺の服装を見てきた。

「そういえば、悠士先輩ってなんで格好良くなってるんですか？　理由を教えてくださいよ〜。何があって、そんなにイケメンになったか気になります。私も変わった理由を教えてるんですから、教えてくださいって」

「絶対に教えないからな」

「あ、話は戻るんですけどその男子生徒が見つからなかった理由って、普段はめちゃくちゃにダサくて、放課後だけイケメン俳優に似た格好をしてたとかありえませんか？　いや〜、小春ちゃんは天才かも！　真相に辿り着いちゃいましたね」

「そ、そんな訳ないだろ」

ある所にリア充のクール系美少女と冴《さ》えない陰キャオタクがいた。

二人は一冊のライトノベルをきっかけに仲良くなった。

次第に仲は深まり面倒くさい恋模様を繰り広げ恋人になる。

だが、残念なことに当時、クール系美少女が所属していたグループはオタクとは無縁の女子で構成されていた。もし、オタクと付き合っていようものなら、何を言われるかわかったもんじゃないのは言うまでもないだろう。

だから、クール系美少女と陰キャオタクは誰にもバレないように陰で仲良くしていた。

周りにバレるのを気にしないで、気軽に一緒にお出掛けしたかった二人。

クール系美少女はとあることを思いつく。

『正体を隠せば良いんだよ』

学校では陰キャでダサいオタクに、クール系美少女は、遊びに行くときだけはおしゃれして正体を隠して欲しいと言い出した。

で、おしゃれしてみた結果。めちゃくちゃ格好良くなった。

おしゃれに成れと言った本人も想像以上の出来栄《できば》えに驚いたくらいだ。

『格好良いじゃん。君のことがもっと好きになった。あのさ、大学生になったらその格好で過ごせば？』

今からは駄目なのか？　と聞いたら、

『ダメ。君と私が付き合ってるのがバレちゃうし』

そりゃそうだ。

一緒に歩けないから姿を変えるため格好良くなったのにそれでは意味がない。

納得していると、クール系美少女はぼそりと呟《つぶや》いた。

『普通に格好良いから、誰かに取られちゃうかもだし……』

素直じゃないとこが可愛《かわい》くて見つめてしまう。

自分で言っといて恥ずかしくなってきたのか、真冬……じゃなくてクール系美少女はそっぽを向いてしまった。

これを知っているのはクール系美少女と俺……じゃなくて陰キャオタクの二人だけだ。

＊

「お待たせしました～。ご注文を承ります」

タピオカジュースを買うために並び始めてそれなり。やっとの思いで、俺と小春ちゃんの注文する番が回ってきた。メニュー表を見る時間は待ち時間で十二分にあった。

「悠士先輩はミルクティーでしたよね？」

「オーソドックスが一番好きだしな。それで頼む」

「じゃあ、店員さん。ミルクティーとココナッツミルクでお願いします！　ストローの色は両方ともピンクで！」

「かしこまりました。合計2点で1600円でございます」

うん、高い。一つあたり、800円か。

正直値段ほどの価値は……深くは追及しないでおこう。

「これでお願いします」

財布から2000円を取り出し店員さんに渡した。

「あ、私が出そうと思ったのに……。後で返しますね」

「別に返さなくて良いって」

「悠士先輩って優しいですね。もっと私に貢《みつ》いでも良いんですよ？」

「調子に乗り過ぎだ」

「あたっ！　小春ちゃんの頭を軽くとはいえ、コツンと叩《たた》くとか最低ですよ。まったくもう！　でも、ごちそうしてくれて本当にありがとです」

しっかりお礼の言える小春ちゃんと待つこと2分。

店員からドリンクを受け取る。大体の人は座れず、商品を受け取るや歩きながら飲んで

いる中、運よく俺達はお店のテラス席に腰掛けられた。

「ふぅ～。やっと買えましたね。それに座れてラッキーでした」

「ああ、ほんとタイミングよく席が空いたよな」

流れのまま普通にタピオカミルクティーを飲もうとしたら、小春ちゃんが俺の前に手を出し待ったを掛ける。

「コンスタ用の写真を撮らせてください。あと、悠士先輩の元カノに送る嫌がらせ写真も撮ってやりましょう！」

「コンスタの方は許すが、嫌がらせ写真は撮らないから」

「え～、せっかく来たのに。まあ、良いでしょう。という訳で、悠士先輩ちょっと横を失礼。そして、これをこうして……」

俺にタピオカミルクティーを良い感じに持たせた後、小春ちゃんが横にやってくる。

そして、スマホの内カメラで俺と自身の姿を写真に収めた。

「いえい！　っと」

「おい。タピオカは映して良いが、俺を映して良いって誰が言った」

「ふっふっふ～。せっかくなので、友達に彼氏いるアピールで大人の余裕を見せつけてやろうと思って。それに顔は映してないのでご安心ください」

「今回だけだぞ？」

「いえいえ。好評だったらまたお願いします。私はコンスタグラマー。人気が欲しいお年頃なんですから」

やや決め台詞《ぜりふ》っぽい感じで格好つける小春ちゃん。

どんな写真をコンスタグラムに投稿しているのか気になっていると、スマホを差し出し俺に見せてくれた。

「顔を写されてたら普通に危なかった……」

小春ちゃんのアカウントをお気に入り登録している人数は30万。

かなり知名度がある人気者だ。

友達に見せつけると言っていたので、身内で楽しんでるだけかと思っていたが、ここまで人気があるのは普通に凄《すご》い。

「あはははは。だからちゃんと顔は隠してるじゃないですか。ネットリテラシーは大事なんですよ？」

「意外としっかりしてるんだな」

「コンスタには良い人もいればこわ～い人も一杯いますからね。ここまで人気だと普通に変な奴《やつ》に絡《から》まれますし安全第一です」

「そういうしっかりした所は日和さん譲りか……」

やはり姉妹。

しっかりしているところはしっかりしている。

割と人気なコンスタグラマーであり、俺の妹分でもある小春ちゃん。

そんな彼女と一緒にタピオカを飲みながら話して楽しい時間を過ごした。


で、何だかんだで夏服を買いたいと言われ、若者向けのアパレルショップに付き合ったりした。さて、気が付けばもう帰り道だ。


小春ちゃんは買ったばかりの洋服の入った袋をぶらぶらと揺らしている。

「今日はありがとうございました！」

「誰かと一緒に出掛けるのは嫌いじゃない。てか、シェアハウスってこういう風に住人と仲良く色々したい人が集まる場所だろ？」

「そうですよ〜。こういう風に仲良くしたい人が集まれる良い場所です。ま、私は両親がイチャイチャしてるのを見てられないから、逃げてきたんですけど」

「でも、人付き合いが多いのは今の小春ちゃんは嫌いじゃないはずだ」

「昔ならともかく、今は人と遊びたくてしょうがないですからね」

「それにしても、良かったのか？　服を買うとき、俺の意見なんて参考にしてさ」

「良いんですって。さてと、今日は本当に楽しかったです。さすが、彼女がいたというだけあります。こういうお出掛けに慣れてるのがよ～くわかりました」

「今日みたいなお出掛けは普通にあったしな……」

「ほほう。そう言えば彼女さんと別れた理由は聞いたことが無いんですけど。良かったら、教えてください！」

別れた理由を聞かれたら、自然と気まずい顔になった。

するとと小春ちゃんもわきまえてるのか前言撤回する。

「気まずそうなのでこの話はおしまいで。じゃ、話題を変えて、こんな可愛《かわい》い子である私とデートした感想はどうですか？」

「妹みたいなもんだし別にこれはデートじゃないだろ」

「そんなことを言ってますが、実は私にドキドキしてる癖に」

「してない。むしろ、小春ちゃんの方がドキドキしてるんじゃないか？」

「は、はあ⁉　してませんし～。私は悠士先輩の事、これっぽっちも良いだなんて思ってませんし～」

互いに馬鹿にし合ったり、ふざけたりするのもひと段落すると、神妙な顔で小春ちゃんは俺に言った。

「ねえ、悠士先輩。元カノさんのこと、今も好きなんですか？」

「どうして、急にそんな話をするんだよ」

「どこか私に誰かを重ねてるような気がしたので」

「あ～、悪い。せっかくのお出掛けだったのに気分良くないか……」

「いえ。ただ、そう思っただけなのでお構いなく。とはいえ、ちょっと気になったので言っちゃいます。別れた元カノさんとよりを戻したいなら素直になっても良いんじゃないですか？　まだ好きで忘れられないならの話ですけど」

真冬が今も好きで忘れられない。

俺と真冬は上手《うま》く行かなかったことも忘れられない。

忘れられない真冬への思いと、忘れたい真冬と繰り広げた失敗。

その二つのせめぎあいが、最近はずっと俺を苦しめている。

とはいえ、いつまでもくよくよしてられない。いつか決着は付けるべきだ。

考えて悩んで絶対に俺は……納得のいく答えを見つけてやる。

「小春ちゃん。俺のことを心配してくれてありがとな」

「いえいえ。さてと、お家《うち》に帰りましょう！」

「ああ、日も暮れて来たしさっさと帰るか」

＊

真冬 Side

すっかり暗くなった頃。

バイトを終えた私は家に帰ってきた。

「ただいま」

「おかえり。真冬ちゃん」

リビングに辿《たど》り着《つ》くと朝倉先輩がカップ麺を食べている。

朝倉先輩には引っ越してから大丈夫？　何か困ったことは？　とか色々心配して貰《もら》ったおかげかもうすっかり仲良し。距離も無くなり今やため口で話す仲だ。今日も今日とて、気が付けば気軽に話しかけていた。

「それ夕ご飯？」

「今日はこれで良いかなって。普通に美味《おい》しいし、それに……節約しないとお金がいくらあっても足りないからね」

「そっか。じゃ、私も今日は簡単に冷食かカップ麺にしよ……」

冷凍庫を見るも、目ぼしい冷食が見つからなかった。

なので、キッチンにあるストック棚からカップ麺を取り出す。

カップ麺の封を開け、保温状態の電気ポットからお湯を注ぎ3分待ち始める。

ちょっとした手持ち無沙汰な時間に、私はＳＮＳのサイトを見る。

友達が今日は何をしたのか見るべく、指で画面をスクロールしては適当に投稿へいいねを付けたり、コメントを付けたりしていく。

そうしていく中、とある投稿が目に入った。

「ん？」

スマホの画面には、タピオカを持つ顔の写らない男と制服を着た女の子。

男の方は悠士っぽいし、女の子の方は小春ちゃんのような気がする。

写真は小春ちゃんが『コンスタってやってます？　やってたらアカウントを教えてください！　ちなみにこれが私のです』と教えてくれたアカウントから投稿されていた。

ゆえに、タピオカを持っているのは『悠士』と『小春ちゃん』なのは間違いがない。

「やっぱり仲良いじゃん。嘘《うそ》つき」

別に小春ちゃんとはそういう関係じゃないと言っていた悠士。

だというのに、まるで恋人同士がするようなことをしている。

横にいるのが私じゃ無くて、小春ちゃんだと思うと本当に胸が痛くて涙がでちゃいそうになるくらい苦しくてしょうがない。

涙を堪えるために、私はちょうどリビングにいた朝倉先輩に話しかけた。

「仲が良《い》いみたいだね」

「誰と誰が？」

「小春ちゃんとゆ、じゃ無くて、加賀君がさ。ほら」

「ああ、さっきどこからか二人で帰ってきたと思ったら、こういうことだったのか。うん。二人とも仲良さげで良い感じだね」

「でしょ？」

「で、真冬ちゃんは、どうしてそんなに不機嫌そうなんだい？」

「べ、別に何でもないけど……」

「わかるよ。真冬ちゃんは加賀くんとイマイチ打ち解けられてない。そりゃあ、同じシェアハウスに住む住人。出来れば仲良くしたいってのはよくわかるよ」

「う、うん」

勝手に勘違いしてくれた方が都合は良い。

私は朝倉先輩の言葉に頷《うなず》く。

下手に取り繕っても良いことは無いだろうからね。

「そうだなあ……。ああ、そうだ。そう言えば、真冬ちゃんってメイクが上手いし、手先が器用だよね」

「それなりに器用だと思うよ」

「この前、加賀くんと話したんだけど、元カノさんに眉を整えて貰ってたんだって。自分でやると下手くそだから、今もびくびくしながら整えてるってさ」

「そうなんだ。って、もしかして、私にやれってこと？」

「小春ちゃんみたいに加賀くんと仲良くなりたいんだよね？　だったら、自分から近づいてみるのもありだと思うよ」

「まあ、朝倉先輩が言うなら気が向いたらしてあげよっかな……」

気が向いたらだなんて言った癖に――

その日の夜、恐る恐る私は悠士の部屋を訪れていた。

「ん？　なんだよ」

「あ、あのさ。最近、ちょっとダサいよ？」

「わざわざそれを言いにきたのか？」

私の物言いが悪かったのか、ちょっと機嫌を悪くする悠士。

まだ好きな元カレ。

誰かと仲良くしてるのを見せられ、私も仲良くしたいと思ってしまった。

気持ちが抑えきれない私は止まれない。

「眉毛が微妙だって言いたかっただけ。顔は良いんだし、勿体《もったい》ないから私に整えさせてよ」

どうしようもなく一緒に過ごしたくてしょうがない。

困らせちゃダメなのにね……。

わかっている。わかっているのに。

気が付けば、悠士と過ごせる口実が見つかれば、私は迫ってしまうのだ。

7章

止まらない感情溢《あふ》れ出《だ》す思い

シェアハウスに住み始めて気が付けば2週間とちょっとが過ぎようとしていた。

住人との仲は深まり、すれ違えば話すし、暇があれば遊ぶ。

楽しい日々が続いている中、とある問題のせいで俺は非常に困っていた。

「お腹《なか》空いたから、何か買いに行くんだけどさ……何かいる?」

わざわざ俺の部屋にやってきて聞いてくる真冬《まふゆ》。

最近は本当に距離が近いのである。

「別に何もいらないからな」

「そっか。じゃ、行ってくるね」

「ああ、気を付けろよ」

「夜遅いし、心配なら付いてきてくれても……。ううん、やっぱりいいや。一人で行く」

真冬は俺に付いてこさせようとするも、自分で撤回してそそくさと姿を消す。

「俺に構い過ぎだろ」

俺はベッドに倒れこむ。

真冬が俺に近づいてくるときは、必ず俺が誰かと仲良くしているのを真冬が目撃した後だ。誰がどう見ても、嫉妬して俺に近づいてきている。

とはいえだ。本人は上手いこと誤魔化せてると思い込んでいるのがずるい。

「前はあんな風に素直に振る舞わなかった癖に……」

俺が誰かと仲良くしてたら、決まって真冬も近づいてくる。

それが可愛《かわい》くて堪《たま》らない。

「真冬が近づいてくるのが嬉《うれ》しくてしょうがないってホント馬鹿だ」

別れた。別れたってのに。

元カノが今でも嫉妬して俺に近づいてくるのが嬉しい。

ダメだとわかっているのに、でも嬉しくてしょうがないのだ。

感情に飲まれるままやり直したらまた過《あやま》ちは起こるだろう。

でも、やり直したい。

だから、今俺がすることは決まっている。

「ダメじゃなくする方法を見つけろ」

小春《こはる》ちゃんに背中を押して貰ったあの日から、俺は悩み続けている……。

*

真冬への想《おも》いが膨らむ中、日常は続いている。

バイトを終え、家に帰ってきた俺はリビングの机に袋を置いた。

するとパジャマに着替えている小春ちゃんに俺が置いた袋を物色される。

「袋の中身は何かな～っと」

「夕飯だ。勝手に覗《のぞ》くな」

「お菓子は？」

「無い」

「え～、期待してたのに。ね～、龍雅《りゅうが》先輩」

「ははっ、そうだね。しょうがない。僕が買っておいたお菓子でも開けようか」

ジャージ姿でくつろいでいた朝倉《あさくら》先輩はテレビの前から離れキッチンの方へ。

冷蔵庫の横にある棚へ手を伸ばし、自分の名が書かれているビニール袋からお菓子を取り出した。

で、それを持ってリビングへ戻ってくる。

「はい。これで良いかな？」

「あ、龍雅先輩。お菓子ありがとです。遠慮なく頂きますね！」

二人のやり取りを見ていた俺が、コンビニで買って来た夕飯をダイニングテーブルで食べようとしたときだった。

小春ちゃんが首だけを俺の方に向け声を掛けてくる。

「リビングの方でご飯食べます？　スペース空けますよ」

キッチンにはダイニングテーブルもあるが、リビングでも食事は可。

場所を空けてくれるというお言葉に甘えることにした。

「そう言うことならそっちで食べる」

「了解です。よいしょっと」

敷かれているふわふわのカーペットに寝転がっていた小春ちゃんは体を起こし、俺の座るスペースを空けてくれた。

「よいしょっと」

ほんのり小春ちゃんの熱を感じる机の下に敷かれたカーペットに、直接座った。

ふわふわのカーペットなのでクッションが無くてもお尻は痛くない。

「悠士《ゆうじ》先輩。それ美味《おい》しそうですね。私に一口ください」

「一口だけだからな」

ホットスナックのフライドチキンを小春ちゃんの方へ向ける。

ガブリ。遠慮なく大きく齧《かじ》られた。

一口と言ったら、大きい一口で攻めるとはなかなかやる。

「この時間に食べる揚げ物は良い感じで最高ですね。超背徳的です！」

「にしても、この小春ちゃんが、あの小春ちゃんだったとはなあ……。昔はこんながっつりと人のチキンを齧る子じゃなかったのに……」

「人は変わるんですよ～だ。悠士先輩は昔の私の方が可愛《かわい》かったと思います？」

昔は昔で可愛かった。

引っ込み思案で俺の後ろをちょろちょろ歩いては、何か嬉しいことがあれば、わざわざ俺のことを呼び止めて控えめに報告して来るのが本当に可愛かった。

今の小春ちゃんも昔に負けないくらい可愛いのは知っている。

が、今も可愛いし昔も可愛かったと言えば、鼻を高くして調子に乗りそうなので、ちょっと意地悪な言い方で答えた。

「今も可愛いが、昔の方がもっと可愛かったな」

「そう言う意地悪な言い方だと、部屋に忍び込んで悪戯《いたずら》しちゃいますよ？」

「また怒られるぞ」

「……ま、そうですね。忍び込んで驚かすのは止めときましょうか」

小春ちゃんはどこか遠い目で俺の部屋に忍び込むのは諦めたようだ。

以前俺の部屋に忍び込んだ後、日和《ひより》さんにこっ酷《びど》く叱られたんだろうな。

「ほら、テレビも良《い》いとこだし黙ってろ。朝倉先輩に怒られるぞ？」

「は～い」

朝倉先輩はテレビドラマの山場のシーンを食い入るように見ている。

俺は夕飯を食べている。

小春ちゃんは俺の夕飯を適度に奪いながらスマホを弄《いじ》っている。

各々《おのおの》そんな風にして共用スペースのリビングで過ごす時間。

シェアハウスらしい過ごし方だ。

テレビ番組が終わった後、俺は朝倉先輩と小春ちゃんに聞く。

「小春ちゃんと朝倉先輩ってリビングによくいるよな」

「シェアハウスに住んでる。なら、僕は一緒に暮らしてる住人と仲良くしたいからね」

「私もそれに近いですね。誰かと一緒に過ごすのって楽しいですから」

二人の言う通り誰かと一緒に過ごすのは本当に楽しいものだ。

なのに、どうして真冬とは失敗してしまったんだろうか……。

「私もですよ？」

いつの間にか背後にいた日和さんがニコッと笑いながら会話に混じってきた。

何故《なぜ》か小春ちゃんは日和さんの姿を見ると、何食わぬ顔でリビングの机の上を片付け去ろうとする。ああ、うん。また怒られることをしでかしたんだな。

「さて、小春。お説教の時間です。逃げないで私のお部屋に来ましょうか」

「ゆ、悠士先輩。助けてくださいよ～。先輩と私の仲ですよね？」

首根っこを摑《つか》まれた小春ちゃんが助けを求めてきた。

一応聞いてあげるか……。

「何をしたんだ？」

「テストで悪い点を取ったのがバレたんだと思います」

「自業自得《じごうじとく》だ」

「私だって勉強してるんですよ？　て、テストが難しかっただけで……。あ、お姉ちゃん。ちょまっ……引きずらないで……」

ずるずる引きずられる小春ちゃんは、日和さんの部屋へ消えていく。

リビングにいた朝倉先輩はというと笑いながら、俺に話しかけてきた。

「小春ちゃんって本当に面白いよね」

「ほんと可愛い子です」

「うんうん。それじゃあ、見たいテレビも終わったし、僕も部屋に戻るかな。明日までに終わらせないといけない課題があるからね。お休み。加賀《かが》くん」

「おやすみです。朝倉先輩」

先輩がリビングから出て行った後、今日はもう朝倉先輩の声を聞くことはないだろうと思っていた。


しかし、それとは裏腹に声が聞こえて来た。


「ん？　真冬ちゃん。階段でどうしたんだい？」

「ちょっとのどが渇いてたから降りてきただけ」

「ああ、そうかい。それじゃあ、おやすみ」

「おやすみ」

やり取りが終わった後、リビングとつながっているキッチンへ姿を現す真冬。

飲み物を冷蔵庫から出し、そのまま部屋へ帰るかと思いきや。

俺の横にやって来て腰掛けてくる。

「あのさ。みんなと随分と仲良くなったじゃん」

「普通だ。普通」

「そっか……」

「で、なんだ?」

「ちょっとだけ話したいな～って。べ、別に別れたとはいえ、私のこと、き、嫌いじゃないんでしょ?」

「まあな」

「ゆ、悠士って、特に小春ちゃんと良い感じだけど。狙ってんの?」

「いきなり、突拍子もないことを言うなよ」

「だって、さっきも仲良さげにしてたから、そりゃ気になるでしょ……。一応、君の元カノなんだからさ」

「そもそも、それを聞いてどうするつもりだ。お前には関係ないだろ」

「好きな人が誰かと仲良くしてるのって辛《つら》いんだもん……」

「おまっ。堂々と好きな人とか言いやがって……。てか、別に俺と小春ちゃんは本当にお前が思ってるような仲じゃないぞ？　何度言ったらわかる」

〝好きな人〟と堂々と言ってくる真冬にたじろぎながらも答えてやった。

「じゃあ、なんであんなに仲良しかだけ教えてよ」

「逆に聞くけど、真冬は何でそんなに俺のことが気になるんだよ」

何故か真冬はじりじりと俺の方へ近づいてきた。

ゴクンと唾を飲みこむと真冬は小さな声で俺に告げる。

「悠士が好きだから。別れちゃったけど、好きだから」

気が付けば、俺と真冬の間に距離は無く肩と肩が触れ合っている。

そして、真冬は俺の肩に体重をかけ寄りかかってきた。

「おい、寄りかかるな」

「誰かと一緒に過ごしたい気分だし、悠士の肩を貸してよ」

「お前なあ」

「ごめん。でも、お願い。ちょっとだけ、このままでいさせて……」

触れれば壊れてしまいそうなくらい弱々しい真冬。

払いのけることも出来ず、俺は無言で引っ付いてくるのを許す。

「このまま私の課題を見て貰《もら》ったお礼をまだして無いけどさ、考えてくれてる？」

「考えてない。何を頼んだら良いかよく分からん」

「何でも良いんだからさ……ね？」

「何でもって、ホントに何でも良いってか？」

冗談だ。この変な気まずい空気をぶち壊したくて言ったというのに、真冬は怒りもせず俺の方へ手を伸ばしてきた。

「ちょ、ちょっと待て」

「な、何でもって遠回しにこう言うことがしたいってことでしょ？　だったら、良いじゃん。わ、私もなんかそういう気分だしさ……。ね？」

俺の体に優しく触れて来る真冬の手。

流されちゃダメだと思ってるくせに、払いのけられない。

このままじゃ——


ガタン！


一線を越えそうになったとき、いきなり日和さんの部屋の扉が開いた。

その音に驚いた俺と真冬は勢いよく離れていく。

あたかも何もなかったかのような俺達のもとへ扉を開けた奴《やつ》はやって来た。

「お二人が一緒に居るとは珍しいですね！　何話してたんですか？」

日和さんにお説教されていたであろう小春ちゃんだ。

悶々《もんもん》とした気持ちを抱きながらも、俺は自然な感じに振る舞う。

「ちょっとした世間話だ」

「そ、そうそう。じゃ、私はそろそろ自分の部屋に戻るから。おやすみ！」

慌てて離れていった真冬は気まずさを誤魔化すため堂々と歩き出す。

「あ、はい。おやすみで〜す」

去って行く真冬の背中は後ろめたさに溢《あふ》れていた。

どうやら、それは俺も同じようで小春ちゃんに茶化されてしまう。

「もしかして、なんか二人でイケないことしてました？」

「してないぞ」

「え〜。本当ですか？」

「ちなみに、真冬と俺がそういう関係だったら、小春ちゃんはどうするんだよ」

「そりゃまあ。弄り倒します。今日はちゅ〜したのか聞いたり〜、デートしたりしたのか聞いて弄りますね！」

「純粋だった小春ちゃんを返せ」

「あはははは。残念でした。あの頃の小春ちゃんはもういませんよっと」

「さてと、俺もそろそろ寝る。小春ちゃんもあまり夜更《よふ》かしするなよ。寝る子は育つって言うし」

「まったくもう。子供扱いして酷《ひど》いですね。じゃ、お休みです」

「ああ、お休み」

＊

深夜2時を過ぎた頃の自室。

真冬に迫られてからというものの、眠気が一向に襲ってこない。

せっかくなので眠くなるまで何かすることにした。

今は必要ないからと放置していた荷解《にほど》きされてない段ボールの整理でもするか……。

季節は移り替わり、もう半袖が似合う夏だ。

確か、放置してる段ボールの中には夏服が入ってたはずなのでちょうど良い。

「それにしても、真冬め。最近、どんどん迫り方が過激になってないか？」

リビングで真冬にされた行為が頭にこびりついて離れない。

何が、俺が好きだからだ。言わない方が良《い》いって分かってる癖に、なんで俺に言う。

手を動かし気を紛らわすべく部屋の片隅に積んである段ボールの方へ。

「あ～。そういや、これもあったか……」

漫画、ラノベ、ゲームソフトが入った趣味で溢れている段ボール。

過去作はよほどのことが無ければあまり振り返らないし、この部屋に引っ越す際、棚を処分したせいで箱から出しても収納しようがない。

だから、放置してしまった。

とはいえだ。ちゃんと中身を整理してあげる必要性があることに気が付いてしまう。

「これ、普通に荷解きしとかなきゃ不味《まず》かった奴だ……」

そう、箱の中に入ってるものは全部が全部俺のではない。

段ボールに入っているものの一部は真冬の物だ。

俺の部屋から出て行くときに、分別するのが面倒で持って行かなかった忘れ物である。

シェアハウスで再会したのなら、時間を掛けてでも返してあげなくちゃ可哀想《かわいそう》な話だ。

「どれが俺のだ？」

真冬の物と俺の物でごっちゃになっている箱の中身。

漫画に関してはかなり複雑に入り乱れている。

これが俺のとか、真冬のとか、そういう風に扱ってなどおらず、発売日になったら俺と真冬のどちらかが書店に寄り道をし買っていた。

1巻を買ったのは俺。2巻は真冬。そして、3巻は俺。

どうせ、漫画は売っても二束三文にしかならないからまだ良い。

問題はゲームソフトだ。元花札メーカーだったとこが出しているソフトは、今でも一本3000円以上で買い取られる場合が普通にある。

それ以外にも値段が付くゲームはちらほらと箱に入っている。

ゲームも漫画とおんなじで、俺と真冬の物が混在しており、高校生の時から貸し借りを続けているせいか、どっちが買った物なのか、区別が難しい。

「しょうがない。あいつを呼ぶか……」

売ればお金になる物の所有権を雑に扱う訳にもいかない。

真冬を自分の部屋に呼ぶ。どうせ、まだ起きてるだろ。

そうだな……。迫られたせいで、悶々とした気持ちを晴れやかにするため少しからかって憂《う》さ晴《ば》らしといこう。

『今から俺の部屋に来てくれ。大事な話がある』

うむ、これは我ながら随分と意地悪なメッセージだ。

1分も経《た》たずに足音が響き、コンコンと俺の部屋の扉がノックされた。

「入って良いぞ」

ドアの前にやって来たであろう真冬に声を掛ける。

そ～っとドアが開く。忍び足で、恐る恐る俺の部屋に足を踏み入れる真冬。

大事な話があるというメッセージに動揺しているのは目に見えてしまっている。

「な、なに？　大事な話ってさ」

「俺達にとってすごく大事な話だ」

「う、うん」

「まあ、座れ。きっと今日の夜は長くなる」

ダボッとしたスウェットを着ている真冬をベッドに座らせる。

借りてきた猫みたいにちょこんとベッドに腰掛ける姿は、どこからどう見ても、何を言われるのかを気にかけていた。

さっきお前が変に迫ってきたせいで、こっちは悶々としてるんだ。

この位の嫌がらせは許せ。反応見たさに敢《あ》えて黙っていると……。

「大事な話なんだよね。そ、それって、どういう系のやつ？」

さっきは良いようにやられたからな。

もう少し焦《じ》らそう。

「実はさ、俺。いや、悪い。中々言い出しにくいから、もうちょっと時間をくれ」

「そうなんだ。まあ、良いけどさ……」

「ああ」

内心で笑いを堪えながら、俺はだんまりを決め込む。

ベッドに座り、そわそわとする真冬にわざと近づいてみたり、頭を抱えてみたり、色々していたら、真冬がとうとう黙っていられなくなった。

「私は君に何を言われても、ちゃんと受け止めるから。怖がらないで、ちゃんと大事な話について教えてよ」

「それじゃあ、言うぞ」

「う、うん」

「お前が俺の部屋に忘れていったゲームなんだが、金になる物だし、ちゃんと所有権をハッキリさせようと思ってな」

「つっ！」

俺が告げた内容が思っていたものと違っていたからなのか動揺が隠せない真冬。

ちょっとおどおどとしている姿が可愛《かわい》く見えた俺はさらにからかってしまう。

「ん？　目を丸くしてるがお前は一体、大事な話を何だと思ってたんだ？」

「悠士のばか……。大事な話って言われたら、シェアハウスからやっぱり出て行くとか、私に出て行ってくれとか、ふ、復縁したいとか色々あるでしょうが！」

可愛く見えたのは一瞬だけだった。

半泣きで怒った様子の真冬を見て、一気に血の気が引いていく。

絶対に俺が悪い。幾らあんな風に迫られて悶々とした気持ちになったからって、嫌がらせでこんな風にしたら怒られるに決まってる。最低だな俺……ほんと大馬鹿だ。

「ねえ君さ、私とどうなりたいの？　自分から振っといて、私をからかって。本当は何がしたいの？　教えてよ……」

「悪い。先に謝らせてくれ。変にからかい過ぎた。本当に悪かった」

ひとまず謝った。だけど、何がしたいのと言われたからこそ、俺も真冬に聞く。

「何がしたいって、それはお前もだろ？」

「そ、それは……」

「俺達はシェアハウスに住む他人だ。そう約束したよな？」

俺が言い切った後、真冬はだまり込んだ。

口を開くのをただひたすらに待った。

「……そうしなくちゃいけないってわかってるよ。でもさ、無理だってわかってるのにやっぱり悠士とやり直せるんじゃないかって思っちゃう。ねえ、悠士はどうなの？」

「俺は……」

シェアハウス内で住人に心配させないため、元恋人同士であったことを隠し、そこそこ仲良く振る舞うという協定を結んだ。

それは俺が望んだからではない。

そうしなくちゃ、周りに迷惑が掛かるという義務的な感覚からもたらされたものだ。

俺が望む関係はそうじゃない。

もう少し綺麗《きれい》にまとめてから言い出す予定だった。

だけど、今言わなくちゃいけない。もう逃げるべきじゃない。

悩んだ末に導き出した答えを今こそ形にすべきだ。

「できるのなら、お前とやり直したい」

言わない方が良い。俺がこれから言うことは自分勝手だ。

だけど、もう止まりたくない。うじうじして時間だけが過ぎるのは嫌だ。

「都合が良すぎなのはわかってる。浮気《うわき》してると勘違いして別れた癖に、浮気してないとわかったらすぐやり直したいなんておかしいってわかってる……」

「うん。おかしいね。それにさ、浮気したと勘違いしなくても、あの時の私達は遅かれ早かれ別れてたに決まってる」

真冬の言葉が俺の胸に突き刺さる。

浮気は根本的な理由ではなく、あくまで別れるに至ったきっかけでしかない。

別れたのは、もう、終わりにしても良いと思っていたからだ。

俺は真冬とまた恋人になりたい。真冬もそれを望んでいるのはわかる。

でも、過去の過《あやま》ちが今すぐに恋人に戻りたい気持ちを押しつぶす。

「やっぱり、今はまだよりを戻す気にはなれない」

「だよね……。知ってた。ごめんね。辛《つら》いこと、言わせちゃってさ」

少し吹けば消えてしまいそうなくらいの弱い返事だ。

真冬は諦めた顔で俺の部屋から出て行こうと立ち上がる。

「気持ちは離れかけてた。でも、お前が嫌いだって言えるほどに、気持ちは離れてなかったのは事実だよ」

決着を今つける覚悟を決めた癖に中々言い出せない。

「そうだけど。それが何？」

「都合が良すぎるかも知れない。でも、俺はお前とよりを戻したい。ただ、今すぐに戻す気はないだけだ。お前はどうなんだ?」

「戻したいよ。でもさ、復縁してもまた失敗したらって思うと怖い……」

恋人に戻りたいのも、戻る覚悟が出来ないのも、俺と同じなことに安心感を覚える。

否定すべきことじゃ無い。これは認めるべきことだ。

目を背けて良いところは背けても良いが、背けては駄目な所は認めなくちゃいけないんだ。

「俺もそう思う」

俺達自身の手で関係に終止符を打ったのは変わらない事実。

幾ら、互いに互いを好きだったとしても決別した。

一時の感情だけでよりを戻したところで、また失敗する。

それを忘れたら、きっと痛い目に遭う。

「傷つきたくない。だからさ、未練を断ち切るためにも、私がシェアハウスから出て行って悠士の前から消える。再会したから未練がぶり返しただけ。長い期間を掛ければ、悠士との関係も忘れられるはずなんだから。はい、これでこの話はおしまい! じゃ」

辛い顔で勝手に話を終わらせて逃げようとする真冬。

まだ言いたいことを伝えきれない俺は逃げられまいと手を掴《つか》む。

「離してよ……。もう、話は終わったじゃん！」

「いいや。終わってない。まだ大事なことを言ってない」

「なに？」

ぶっきらぼうな真冬に俺は中々言い出せなかったことを告げた。

「失敗したなら、どうすれば失敗しないかを確かめてからやり直すってのは駄目か？　今の俺達はそれを試せる立場にいるはずだ」


ワンルームの部屋で同棲《どうせい》していたときとは違う。

でも、一つ屋根の下で同居しているのだ。

もし仮に、このままシェアハウスで喧嘩《けんか》せずに真冬と仲良くできたのなら――

きっと、今度こそうまく行くはずだ。

最近はずっとどうすれば、真冬とやり直せるか考えていた。

子供みたいに何もかも忘れて、素直に仲直りできれば楽だった。

子供じゃないし大人でもない。そんな俺が時間をかけて考えた結論。

真冬とよりを戻す方法を考えて考え続けて出した答えだ。

反省した所で遅い？　いいや、そんなわけがない。

世の中には反省して、やり直してる人の方がたくさんいる。

よりを戻したところで、また関係は失敗する。それが怖い。

だったら、その前に確かめれば良い。安心できるまで幾らでも。

俺と真冬は幸運なことに、反省して間違えた理由を確かめられる立場にいる。

そして、不安なら――

今すぐによりを戻す必要は無い。曖昧な関係のままの方が良《い》い場合もあるはずだ。

「悠士の言う通り今すぐによりを戻す必要はないかも……」

「本当に都合が良いと思う。だけどさ、心の底から反省して、心の底からやり直せるって思える様になったら……俺とまた付き合ってくれ。いいや、付き合ってください」

これだけ御託を並べた癖に言ってることは『キープ』させてくれ。

そう言ってるようなもんだ。断られるのを覚悟しながら真冬の答えを待つ。

たった数秒なのに、もの凄《すご》く長く感じる。

「……」

「……」

ゴクリと唾を飲み込んだと同時に真冬は小さく口を開いた。

「うん……。やり直そ？　ううん、やり直せるか確かめてからやり直そっか」

「ほ、ほんとか⁉」

「シェアハウスで上手《うま》く一緒に暮らせれば、もう一度踏み出せる覚悟ができると思う」

曇りかかっていた真冬の顔が晴れ晴れしていく。一度は諦めかけていた真冬との恋。もう、諦める必要は無いと思うと何故《なぜ》か畏《かしこ》まってしまっていた。

「改めて言わせて欲しい。これからよろしく」

「よろしくね」

「ああ、本当によろしく」

互いに改まってよろしくと言い合う姿が少しおかしくて笑みが零《こぼ》れる。

「私からの提案なんだけど、普通に悠士と仲良くしたい。凄く仲が良かった頃みたいにとはいかなくても、普通の友達として仲良くしたいな～って。ダメ？」

「そうだな。これから、恋人に戻れるか見極めていくのに避けるのもおかしい。じゃ、今のところは友達って感じでよろしく頼む」

「うん。友達としてシェアハウスで一緒に仲良く暮らしてみよ？　で、上手く行ったらさ、また恋人に戻ろっか」

こうして、俺と真冬のやり直しは始まった。

8章 色づく日常

約束を交わし、新しい関係を築いた俺達。

なんとなく、このまま二人で過ごしたい気分だったので、漫画、ラノベ、ゲームソフトが入った段ボールの中身を整理することにした。

「あ、これは私が買ったのだ。いや～、助かる。ゲームソフトを売ったら、お財布が潤いそうだし。それにしても、私が置いて行ったのをよく勝手に売らなかったね。売っても良かったのに」

「返せって言われたときに困ると思ってたからな。っと、これは俺のだっけ？」

「う～ん。それは私がお金を出した気がする」

「いやいや、俺が買った気が……」

「でもさ、私っぽくない？　そう言うゲームって私の方が好きじゃん」

「いいや。俺のだ」

「私のだって」

ちょっとした言い合いに発展しかけてしまう。持ち物の所有権を曖昧にしていたからこそ、起きている事態だ。こんなのが原因で喧嘩したくない。

「よしっ。揉《も》めそうだし、全部金にしてそれを半分に分けよう。真冬《まふゆ》もこんなくだらないことで喧嘩したくないだろ？」

実の所、金になるゲームソフトは俺が買ったものが絶対に多いが、揉めたくなかったので俺の利益は無視して金に換え半分に分けることを提案した。

「良いの？」

「ああ、良い。言っただろ、同棲してる時の失敗を繰り返さないように反省するって。お前と喧嘩したくない。そのためだったら全然いい」

「ありがと。もう、悠士《ゆうじ》さ、私とよろしくしたいからって必死過ぎない？」

小馬鹿にした感じで嬉《うれ》しそうに笑われてしまう。

だけど、不思議と嫌な気はしなかった。

「ゲームソフトは全部売って金を半分こ。ラノベと漫画はどうする？」

「二束三文にしかならないから売らないで取っとこうよ。というかさ、懐《なつ》かしいねこれ」

段ボールから取り出された一冊のライトノベル。テンポの良い転生チートものだ。真冬が懐かしいと言ったのには訳がある。

「俺とお前はこの作品がきっかけで仲良くなったんだもんな」

そう、この作品のおかげで俺と真冬の日常が交わり始めた。

『無職だった俺、転生して神になる』という作品。

今では20巻を超え、アニメの3期が決まっているという噂《うわさ》すらある。

思い出深い品を手にしたせいで、膨れ上がった感情を真冬へ曝《さら》け出《だ》す。

「ふぅ。ダメだ。やっぱり俺、お前のことが好きだ」

「今更ご機嫌を取っても、すぐには復縁してあげないよ？」

今更遅いと言わんばかりに笑われた。

ああ、そうだな。遅かった。ほんと、遅いんだろう。

気持ちが離れていく前に、今みたいに何気なく好きだと言い続けていたら、今のこの状況は無かったに違いない。

でき上がった関係に胡坐《あぐら》をかいて、甘えて、甘え続けた結果が今なんだ。

「知ってる。にしても、あれだな。今思うと、別れるような原因しかないな」

「どういう意味？」

「お前にきちんと好きだって言ったの久々だろ？　気持ちを伝えるのを雑にしてたら、気持ちが離れてくのは当然だ」

「じゃ、復縁したら好きっていっぱい私に言ってくれるのかな？」

真冬は反省してる俺をからかってくる。

今は言えるけど、時間が経《た》てば恥ずかしくなり言わなくなる癖に、と言わんばかりだ。

「ああ、真冬が満足するまで言ってやる。これからずっとだ」

「ふーん。そっか」

真冬は興味なさげに呟《つぶや》いた後、そっぽを向いてしまう。

「すぐに復縁したくなるから、素直になりすぎないでよ」

「お前、俺のことどんだけ好きなんだ？」

「今すぐに前みたいな恋人らしいことをしたくなるくらいに好きだよ……」

ちょっと不貞腐《ふてくさ》れながら言う真冬。

こんなにも好きでいてくれたというのに、恋人の関係に慣れ切ってしまい、変な意地を張ったり、素直になれなかったり、その他諸々《もろもろ》で真冬をないがしろにし続けていた。

きっとこれを反省できなきゃ、前には進めない。

さてと、いつまでも話していたいが、目の前にある漫画、ラノベの所有権をはっきりさせなくちゃな。

「漫画とライトノベルの扱いだが所有権だけはハッキリさせておこう」

「……私の本は全部あげる」

「良いのか？」

「ゲームソフトは明らかに悠士がたくさん買ってた。なのに、売ったお金を半分にしてくれるんでしょ？　だったら、漫画やラノベは悠士が受け取ってよ」

俺が反省する中、それに張り合うかのように振る舞う真冬。

そんな彼女の優しさを断る道理はない。

「ならそうさせて貰《もら》う。という訳で、この問題は無事解決だな」

趣味の詰まった段ボールの中身をどうするか決めた俺達。

あっさりとすることが無くなってしまった。

揉めたくないから、所有権を互いに譲歩しあった結果だ。

別れる前だったら、こんな風に上手くは行かなかった。

「今日はもう眠いし部屋に戻る。お休み。悠士……」

「ああ、お休み」

去って行く真冬が出て行くのを見守る。

寝る前によく軽いキスをしていたのを思い出してしまう。

まだ仲直りしたばっかり、よりを戻すかもわからない。

関係は恋人ではなく、シェアハウスで一緒に暮らす友達に落ち着いた。

もちろんキスなんてする間柄じゃない。なんて思ってたらだ。

俺の部屋の扉の前で真冬は立ち止まり、ニヤニヤした顔を向けてきた。

「寝る前のキス、期待してたでしょ？　ば～か。今の私達はシェアハウスで一緒に住む友達なんだからするわけないよ？　じゃあね」

仲直りできて嬉しいのが露骨に滲《にじ》み出《で》る真冬を見送った。

俺は勢いよくベッドに倒れこんで真冬に引けを取らないにやついた顔で呟く。

「歓迎会で酔ったとき、俺にキスしやがった癖に何を言ってんだか」

俺は晴れ晴れとした気分で電気を消し、目を閉じた。

＊

真冬 Side

約束をした次の日。

私は悠士を避ける必要がなくなったので、シェアハウスの共用部分であるリビングに堂々と居座っていた。

「真冬先輩！　ちょっと聞きにくいんですけどお……聞いて良《い》いですか？」

このシェアハウスのオーナー兼管理人である日和《ひより》さんの妹。

愛嬌《あいきょう》があり、誰とでも仲良くできる良い子な小春《こはる》ちゃんがやって来た。

「良いよ。聞いてあげる」

「し、下着ってどこのを買ってますか？」

高校1年の時、私も割と悩んだ問題。

なんだか、懐かしい気持ちになりながら私はちゃんと教えてあげる。

「ん～、安すぎないブランド物かな。結局、ブランドのを買った方が着け心地は良いし、割と長持ちする。特にブラは本当にちょっと高いのが良いよ。ブランド名は——」

私は普段買っているブランドの名前を幾つか小春ちゃんに教えてあげた。

これからの季節は夏。きっと、友達にも下着を見られる可能性は大いにある。

水着に着替える際だったり、水しぶきを浴び透けてしまったり、そうした時に恥ずかしい思いはして欲しくないからね。

「なるほど。後で、ちょっと調べてみます！」

「日和さんには聞かなかったの？」

「あ～、お姉ちゃんに教えて貰った所は、なんか一昔前というか……。いえ、悪くはないと思うんですけど、若者って感じじゃなくて」

「で、私に聞いて来たと」

「そういう訳です。こう見えて、学校で私はファッションリーダー的な存在。誰かに教えて貰う前に、教えてやる側にならなくちゃいけませんし」

「分かる。ホントそれはよくわかる」

そう、目立ってると周りの子に聞けないのだ。

聞きたくても何故《なぜ》か逆に聞かれてしまう。

私なんて別におしゃれじゃないというのに、「綺麗《きれい》で可愛《かわい》いから」と言う理由で友達から何度も何度も服について聞かれた。

こっちが聞きたいってのにね……。

「そうなんですよ。聞いたら聞いたで、小春の方がおしゃれ～って感じではぐらかされ教えて貰えないんですよ」

「まあ、そうだよね。私もそうだったし」

見た目が良いだけ。それだけで、何もかもおしゃれだと思われる。

そんな風に扱われるのはうんざり。大学生になった今も、一目見れば分かるノーブランドの服を着てるのにどこのブランド？　って聞かれたときは本当に顔が引きつった。

「それにしても真冬先輩って、本当に綺麗でおしゃれですよね。さぞ、元カレさんは釣り合うイケメンさんだったんでしょ？」

「めっちゃダサいよ。メガネで髪の毛にワックスは付けなかったし、眉毛も剃《そ》ってなかった。本当に酷《ひど》かったね。まあ、私好みに格好良くしたけど」

「またまた〜、そんなこと言って〜。こんなに綺麗な真冬先輩の元カレさんがダサいわけないじゃないですか。さてと、有益な情報ありがとうございました。それじゃ、教えて貰ったブランドの下着を買うためにお小遣いを貰いに行きます！」

たったたっと軽やかな足取りで小春ちゃんは日和さんのもとへと消えていく。

このところ悠士を避けるためにリビングに居られなかった私は久々に優雅にくつろぐ。

それにここにいれば、

「ただいま」

「あ、おかえり。悠士」

元カレであり、今も大好きな悠士と自然と会えるんだしさ。

反省して前の失敗を繰り返さないようにと言える様になったら、恋人に戻る約束をした今、悠士を避ける必要は無いからね。

それに自分から構ってと言って近づくのが恥ずかしいし……。

「ん、真冬がリビングにいるのは珍しいな」

「だって、もう悠士を避ける必要ないし。で、今日の夜ごはんは食べた？」

「適当に食べてきた」

当《あ》たり障《さわ》りの無いなんてことの無い会話。

これすらできなかった少し前。こんな風に話せるのが楽しくてしょうがない中、日和さんの部屋から小春ちゃんが1万円を手に戻ってきた。

「真冬先輩。勝ち取ってきましたよ！　あ、悠士先輩。お帰りで～す」

「おう、ただいま。で、小春ちゃんは何を勝ち取ってきたんだ？」

「お金ですよ。お金。女子高生するにはお金が必要。だから、お姉ちゃんに頼んでお小遣いを貰ってきたという訳です。ただ、代償は大きかったですけどね！」

「代償か……。ちなみにどんな代償を支払った？」

「このシェアハウスってハウスキーパーさんがいません。なので、共用部分の掃除はお姉ちゃんがしてるじゃないですか。それを私がするってことで、お小遣いを貰ってきました」

「良かったな。大事に使えよ？」

「はい。大事にします。あ、悠士先輩。今度、一緒にお買い物しません？　ちょうど、来週の休みは友達と遊ぶ予定が無いので！」

「俺なんかと行っても、別に何のメリットもないだろ」

「ちっちっち～。ほら、これを見てください！」

小春ちゃんが見せつけて来たスマホの画面にはコンスタの投稿。

『小春ちゃんと悠士がタピオカジュースを持ってる写真』の投稿だ。

ユーザーが良いと思ったら押すボタンである『いいね』がとんでもなく伸びてる上、『誰それ!?』とか『良いな～カッコイイ彼氏！』とか『ストローの色がお揃《そろ》いなのがポイント高い！』といったコメントもたくさん書かれていた。

「伸びてるな」

「はい。かなり良い感じに伸びてます。なので、第二弾と行こうかなと。こういう風に私は誰かにちやほやされたいので。お礼はしますから、一緒に匂わせ写真を撮りに行きましようよ～」

「楽しいのはわかるけどなあ……。あんまりのめり込み過ぎても良くないし……」

「お願いです～。悠士先輩～。お礼しますから～～～」

悠士の肩を揺さぶる小春ちゃん。

　やれやれという顔をしながらも、悠士はどこか楽し気にこう言うのだ。

「わかった。わかった。行ってやる」

「いえい！　じゃ、今度のお休みは小春ちゃんとデートですね」

「だから、デートじゃ無い。お守《も》りだ」

「もう、照れ屋さんなんですから。私と悠士先輩のお出掛けは、どう見てもデートですって。ね？　真冬先輩！」

「え、あ、な、なにが？」

　いきなり声を掛けられて慌ててしまい内容がイマイチ飲み込めない。

「私と悠士先輩がお出掛けした場合、それはお出掛けではなく、デートと言えるってことです。悠士先輩は恥ずかしがり屋で、デートだと認めないんですよ。真冬先輩も、どこからどう見てもデートだと思いますよね？」

「……ん～。そ、そうかもね」

「ほら～。真冬先輩もこう言ってるんですから、お出掛けじゃなくて、デートですからね！　まったくもう」

「はいはい。で、その手に持ってる1万円は無くさないように財布に仕舞っとくんだぞ？」

それもそうですねと頷《うなず》いた小春ちゃんは1万円を持って消えていく。

残された私は悠士にそわそわとした気持ちで聞いていた。

「小春ちゃんと仲良いじゃん」

「まあ、妹みたいなもんだし」

確かにそうだ。私達は20歳で小春ちゃんは15歳。

ちょっと年の離れた妹みたいな存在なのはよくわかる。

でもさ、

「それにしても仲良しじゃん」

「そりゃあ、小春ちゃんと俺の仲だし」

自信ありげに仲の良さを自慢する悠士。

それを見た私は背中にじんわりと汗をかいてることに気が付いてしまう。

「あ、あのさ。例えばなんだけど、小春ちゃんから好きって言われたどう？」

「可愛い奴《やつ》めって思う」

ホッとした。

本当に妹みたいにしか見てないような悠士の物言いに安心を覚える。

だって、私には悠士を止める権利などないのだから。

小春ちゃんを好きになったのなら、それに私がダメと言える訳がない。

「小春ちゃんに嫉妬してるのか？」

「してないし」

「ふーん。まあ、本当に小春ちゃんと俺はお前が思ってるような仲にはならないからな」

「そう言うけど、ちょっと迫られたらコロッと心変わりするんじゃないの？」

「しねえよ。ったく、まあ、あれだ。気まずくなるのもあれだから、言いたくないけど、昔も今も俺が好きなのはお前だけだって」

「言いたくないのになんで……」

ずるい。昔から好きだなんて本当に卑怯《ひきょう》で顔が溶けそうになる。

私が今も昔も悠士の好きという気持ちを独り占めできてると思うと、嬉《うれ》しくてしょうがなくなる。こいつ、私のこと、好き過ぎじゃない？　って。

「嫉妬されてるみたいだからな」

「だ、だから嫉妬してないし」

心を見透かされてるのが恥ずかしくて私は誤魔化してしまう。

「本当に？」

「そ、そうだけど？」

ちゃんと悠士は私を見てくれてる。前よりもちゃんと見てくれている。

だけど、小春ちゃんと悠士の関係を見てると胸の奥が痛い。

実際の所、悠士が小春ちゃんをそういう意味で好きじゃないのはよくわかる。

だけど、それは今だから言えることで、仮に……。

小春ちゃんが悠士に好意を持ち始めて、アプローチを仕掛けられたらどう？

普通に悠士もなびくに決まってる。それが怖くて、悠士と小春ちゃんが仲良くしてるのを見ると、びくびくしてしまうのだ。

私と悠士は『よりを戻す約束』はしたが、今はまだシェアハウスに住む『友達』だ。

相手のことに大きく口を挟んだりできる立場じゃない。

「カバン置いてくる。まだリビングにいるか？　だったら、戻ってくるけど……」

「まだリビングにいる」

「じゃ、置いたら戻ってくるか」

帰って来たばかりの悠士は自分の部屋へカバンを置きに行く。

誰もいなくなったリビングで私は気が付いたことを口にしていた。

「よりを戻す約束はしたけどさ……。この先、どうなるんだろ」

反省し覚悟ができ上がる前に、悠士が私以外の誰かを好きになるかもしれない。

悩みがぐるぐると渦巻く中、朝倉《あさくら》先輩がリビングにやって来た。

「最近は真冬ちゃんもよくリビングにいるじゃないか。もしかして、加賀《かが》くんと少しは仲良くなれたのかな？」

「あははは……。避けてたのバレてたんだ」

「バレバレだよ。だから、眉毛を整えてあげたらとか、仲良くなるためのアドバイスをしたんじゃないか。で、僕のアドバイスは役に立ったかい？」

直接的には役立ちはしなかった。

しかし、朝倉先輩の言葉は少なからず私に影響を与えた。

「うん。おかげさまで」

「良かった。良かった。これで、今年の夏は楽しそうだ」

「なにが？」

「ん？　そう言えば真冬ちゃんもこのシェアハウスに引っ越してきたばかりだったね。このシェアハウスってコミュニケーション重視って謳《うた》ってるでしょ？」

「物件情報に書かれてるくらいにはね」

「その理由って日和さんが住人のみんなと遊ぶのが大好きだからなんだよ。去年の夏は川に海にプールに山。そして、バーベキューって感じでめちゃくちゃにイベント盛りだくさ

んだったんだ。しかも、日和さんが結構お金を出してくれる」

「へ〜。そう言えば、私と悠士の歓迎会もしてくれたね。ああ、そっか。私と悠士が仲良くなきゃ、そう言うイベントのとき、気まずくて楽しみ切れないか……」

「そういうこと。だから、僕は意外と頑張ったんだよ？　真冬ちゃんと加賀くんが仲良くなるにはどうするのが良《い》いのかってね？」

「ははは。ありがと」

「それにしても、真冬ちゃん。しれっと、加賀くんのことを悠士って呼び捨てだけど、どうしちゃったのかな？」

「あ〜。もともと友達に加賀君って呼んでる人がいたから悠士って呼ぶことにしただけで何もないから」

　何とも単純な言い訳だ。

　嘘《うそ》だと言われ、からかわれるかと思いきや、朝倉先輩は意地悪ではない。

「もともと知り合いに同じ呼び名で呼んでる人がいたら違和感が凄《すご》いか……」

「でしょ？」

　私は嘘を本当にするため、堂々とした顔で笑いかけた。

「それにしても、今日はいつもよりも明るい顔してるし、笑顔も多いね」

「そう？」

「うん。僕が狼《おおかみ》だったのなら、まず襲いたくなるくらい可愛《かわい》い」

「そんなことをその見た目で言ってるから、恋人いないのにいそうって疑われるんだよ？」

「さっきの発言は僕としてはちょっとしたスキンシップなのに。見た目で判断されるのは本当に迷惑だよ。ま、だったら、チャラい格好は止めろって話だけどね？」

＊

「……」

俺はカバンを置いてリビングに戻ろうとしている。

でも、階段の下からリビングに行くことができないでいた。

『あはは、朝倉先輩も？』

『うん。僕も僕も』

楽し気に会話してるのは真冬と朝倉先輩。二人の話し声を聞いていたら、足がすくんでしまった。俺は、反省しもう失敗を繰り返さないと言い切れる関係に成ったら『よりを戻す約束』を真冬としたことで、安心しきっていた。

しかし、この約束には致命的な欠陥があることに気が付いたせいだ。
失敗を繰り返さないと言い切れる関係になる前に——
真冬が誰か俺以外の男を好きになるかもしれない。
そうなった場合、俺に止める権利はない。
「はあ……。前途多難だな」
自分の置かれてる状況に愚痴をこぼした。

＊

真冬との恋はそう簡単に上手く行くわけがないと思い知らされた。
しかし、最近の俺のシェアハウス生活は一段と輝かしい。
端的に言うと、シェアハウス暮らしが楽しくてしょうがないのだ。
リビングに誰かが居れば、その誰かと話せて、常に学校の昼休みのようなもの。
そして、住人と話したくないときは、普通に自分の部屋に帰れば良いだけ。
人と話すのが大好きだが一人の時間も大切にしたい人にとって、うってつけの場所だ。
トイレ、シャワーなど、一部の施設を自由気ままに使えないデメリットもあるけどな。

今日も今日とて、何となくリビングでテレビを見ながら過ごしていた。

もちろん、オタクなのでスマホでアニメやら漫画の新情報を漁《あさ》りながらだ。

あ、そういや、昨日はあのアニメの放送日だったな。

「悠士先輩。どこ行くんですか？」

録画したアニメを見るために自分の部屋に戻ろうとしたら、ソファーでごろごろしてた小春ちゃんに呼び止められる。

「自分の部屋だ。録《と》り溜《た》めたアニメを見ようと思ってな」

「へ～。やっぱり、格好良くなってってもオタクなんですね」

「別にオタクを辞めたから格好良くなれたわけじゃない。むしろ、大学に入ってからより一層オタク趣味が過激になりつつある」

「普通はコンパとか、遊びに行くとかで趣味に費やす時間が減るんじゃないですか？　あ、すみません。サークルに入ってないであろう悠士先輩にコンパは無理がありましたね……」

どこか遠い目で俺を憐《あわ》れむふりでからかってくる小春ちゃんに、堂々と宣言する。

「コンパに参加した証拠はいくらでもある。ほら、この写真をよ～く見ろ」

コンパ。言い換えれば飲み会。

大学生になってから、高校時代と違ってアクティブになってきた俺。

すでに、幾度となく参加し、今では呼ばれない方が珍しい。

「へ〜。本当に参加してるんですね。楽しそうで良いな〜」

「基本的には楽しいのは間違いない。昔と違って、アルハラの概念が根付いてるおかげか、無理にぐびぐび飲まされるなんてことは無いし」

「あ、思ったんですけど大学生って私が思っている以上にお暇？」

「高校に比べたら本当に楽だ。課題は多いけどな。じゃあ、俺は部屋に戻る」

ちょうど話にも一区切りついた。

部屋に戻ろうとしたら、小春ちゃんは愛想《あいそ》良く笑いながら俺に構ってくる。

「悠士先輩ってこれから部屋でアニメ見るんですよね」

「まあな」

「私って今、暇なんですよ〜」

「ああ、暇そうだな」

「はい。暇なんです」

小春ちゃんはニコニコと俺の目を見てくる。

「……。あれか、一緒にアニメ見ようと誘って欲しいのか？」

「え〜、そんなことは言ってませんって〜。でも、悠士先輩がどうしてもって言うなら、見てあげますよ？」

「どうしてもじゃないから別に」

「もう酷《ひど》いですね！　良いじゃないですか！　私もアニメ見たいんです〜。で、見せてくれますか？」

　自分の思い通りにならなければ、そうそうに素直になる。

　これぞ、リア充のなせる業《わざ》。どう転んでも話を良い方向にもっていくことができるのだ。

「わかった。わかった。てか、漫画とか、アニメとかって小春ちゃんって見るのか？」

「あんまり見ません。だから、たまには見ようかなって」

「今時のリア充ってオタク趣味に偏見ってないのか？」

「今時のリア充は普通に嗜《たしな》んでますよ。むしろ、昔は違うんですか？」

「数年前までは結構風当たりはきつかったと思うぞ」

　俺と真冬が高校生だった頃からは想像もできない。

　急激にオタク文化が受け入れられる優しい風が吹いているようだ。

　まさか、ここまでオタクが人権を持つようになるとは誰が想像したことか。

「どんな風に偏見があったんです？」

「そんなん見てるから気持ち悪いんだよって馬鹿にされる。現に俺も手ひどく、馬鹿にされたことがある」

真冬がオタクバレしそうになって、庇《かば》ってやったときには凄かった。

今でもあの経験は忘れられない。


「そうだね。私と悠士が高校生の時はまだまだ偏見が強かったし」


自分の部屋から1階に降りてきた真冬がいきなり会話に混じってくる。

そして、俺にやんわりとあのときはごめんと言うように微笑《ほほえ》んだ。

「へ～、やっぱりそうなんですか。というか、真冬先輩～。今、悠士先輩のこと、悠士って呼びませんでした？　このこの～、隅に置けませんね。やっぱり、悠士先輩が好きな俳優さんに似てて、良いかもって思ってるんですかあ？」

「加賀君って呼んでる友達がいたからね。せっかくだから、悠士って呼ばせて貰《もら》うことにした」

「ん～、なんかそうっぽいですね。じゃ、茶化すのは止めときます」

なるほどなあ。こういう嘘をつけば良いのかと感心した。

そう思いながらも、俺は悪ふざけする。

「いや、違うぞ。小春ちゃん。真冬が俺をどうしても、悠士って呼びたいって熱烈なアプローチを受けてな……」

「してないから！　アホ抜かさないでよ。ゆ、悠士こそ、私のことが気になるから『真冬』って呼ばせてくれって言ってきたんじゃん」

「そうだったけか？」

ちょっとした芝居を繰り広げるのを小春ちゃんは嬉《うれ》し気に見ていた。

「小春ちゃん。どうしたの嬉し気でさ」

「いえいえ、お二人ともなんか仲良くなって良かったなあと。せっかく、シェアハウスに住んでるんですから、皆仲良しが一番です」

小春ちゃんは、割とうざい。でも、悪い子じゃない。

こんな風に根は物凄《ものすご》く良い子だからこそ、うざいのが許される。

強く心にそう感じる中、真冬が小春ちゃんに聞いた。

「で、オタクの偏見がどうのこうのって、結局二人は何の話をしてたの？」

「悠士先輩の部屋でアニメを見るんですよ！　あ、良かったら真冬先輩も来ますか？」

「おい、勝手に誘うな」

「うん。じゃあ行く」

「真冬も乗るなよ。まあ、良《い》いか……。よし、じゃあ、俺の部屋でアニメの鑑賞と行くか」

と言った感じで三人で一緒にアニメを見ることになった。


2階に行き俺の部屋の扉を開けると……

小春ちゃんは遠慮なく俺のベッドに腰掛ける。

「私はベッドで」

というか、プールに飛び込むかのようにダイブした。

「じゃあ、私はここで」

背の低いテーブルの前にクッションをお尻に敷いて座る真冬。

で、俺もテーブルの前にクッションを敷いて座った。

「小春ちゃんが今時の高校生はアニメを見るって言ってるし、友達と話しやすいように、見るのは最近の話題作にしとくか」

ブルーレイレコーダーに録り溜めてある今期の話題作を再生する。

4話溜まってるから、大体1時間20分くらいだ。

謎の島に漂着した主人公がなぜか魔法を使えるようになって、謎の島を開拓しつつ先住民と戦う異世界？　風ファンタジーだ。

今、非常に人気があり、ＳＮＳのツエッターでも話題になっているのをよく見かけるし高校生でもきっと楽しめるはずだ。

と言っても、あくまで今期の話題作で、社会現象には到底及ばないけどな……。

「じゃ、再生するぞっと」

再生ボタンを押すと、高校生の時に買った24インチのテレビにアニメが流れ始めた。

小春ちゃんは、あんまりアニメを見ないと言っていたので、退屈してないかちらちらと様子を窺《うかが》う。

が、杞憂《きゆう》だったようだ。なんだかんだ楽しんでくれている様子。

残念なことに評価はちょっと辛辣だったけど。

「なんかご都合主義ですね」

「……まあ、創作だから。ご都合主義なのはわかっているうえで、楽しむもんだ」

「それにしても、裸のシーンがありましたけど、悠士先輩も変態ですね～。女の子二人にちょっとエロいアニメを見せて反応を楽しむなんて……」

「これでもエロくない方だぞ。なんだ？　もっとエロいのが見たかったのか？」

「じゃあ、それで！　あ、真冬先輩は平気です？」

「平気だよ。割とオタクだからさ。ほら、悠士。早く、エロいのにしてよ」

「えっ、あっ、はい……」

真冬とはちょっと際《きわ》どいアニメを見たことがある。

てか、よく見てた。もう慣れっこである。

しかし、小春ちゃんと一緒に見るとなれば話は別だ。

き、きっと、謎の光とかがあるし平気だよな？

『あっ、あっ、だ、だめぇ〜〜〜』

謎の光で局部を守られた女の子の喘《あえ》ぎ声が俺の部屋に響く。

ちらっと、エロ路線の強いアニメにどんな反応をしているかと、小春ちゃんの方を見た。

まあ、嫌悪《けんお》してるわけではなく、別にああ、こんな感じなんだってそぶりだ。

肝を冷やしながらも、あっという間に1話が終わる。

そして、俺の方が耐えきれなくなったので、エロ路線のアニメは止めようと動き出す。

「ま、まあ、エロいアニメはこれくらいにしておいて、最初に見たのの続きを見よう」

「悠士先輩って。今のアニメに出てきた女の子で誰が一番好きなんですか？」

「それを聞いてどうするんだ？」

「純粋にどういう子が好きなのかな～って。真冬先輩も気になりますよね？」

俺が小春ちゃんに詰め寄られて困っているのが分かっている真冬。

もちろん助け船など出してくれない。むしろ俺を深い海の底へ沈めようとしてきた。

「うん。気になる。ねえ？　悠士、あの中だったらどんな子が好きなの？」

ここで答えたら、絶対にからかわれる。

あの子がタイプだって言ったら、俺がタイプの子と主人公が作中で起こしたラッキースケベのシーンが話題にあがり、「ああいうことがしたいんだ」そんな風なからかいを受けるのが落ちだ。

「いやあ、全員好きだな。優劣なんて付けられない」

「なるほどなるほど。ちなみに、ああいうラッキースケベ？　っていう奴《やつ》を悠士先輩はしてみたいって思うんですか？」

「いいや、全然。あれは創作だからな。現実的ではない。まあ、男としては体験できるものなら、体験したい気もするけど」

セクハラだのなんだのと過剰に気を遣う方が不自然。

俺は自然体であたかも緊張してないかのように答える。

「ふむふむ。悠士先輩ってつまらないですね。もっと、恥ずかしそうに『俺はエロくない！』ってうろたえる姿が見たかったのに」

「やっぱり俺を辱《はずかし》めて楽しもうとしてたか……」

「ふーん。小春ちゃんは悠士が恥ずかしがるところが見たかったんだ」

真冬は何を思ったか悪い笑みを浮かべ、俺の方へ近づく。

俺の手をいきなり握り、自身が着ているスウェットの中に俺の手を引きずり込む。

おへそあたりを直《じか》に触らされた後、耳元で真冬は小さい声で囁《ささや》く。

「女の子にあんなの見せて何したいのかな？　へんたい」

「くっ！」

元カノからの何とも言えない囁きがぞくぞくっと鳥肌を立たせる。

こいつめ。いきなりなんてことしやがる。

お腹を触らせてくる真冬は少し誇らしそうに小春ちゃんに話す。

「男の子はこうすると簡単に恥ずかしがるからね。好きな子が出来たら、試してみたら良いと思うよ」

満足気な顔を見せつける真冬。

もしかして、小春ちゃんが俺になびかないように牽制でもしてるのか？

「さすが真冬先輩です。あ、のど渇いたのでジュース持ってこよっと。それにしても

……」

小春ちゃんはどこか意味ありげに真冬を見た後、ジュースを取りに姿を消すのであった。

二人になるや否《いな》や、俺はいきなりドキドキするようなことをしてきた奴に文句を言う。

「あんな風に触らせるのはあれか？　今のは俺のダサい姿を見せつけて小春ちゃんが俺になびかないようにってか？」

そしたら、ぼそぼそとした返事があった。

「そ、そんなわけないじゃん……。き、気のせいだっって……」

＊

小春ちゃんが姿を消して少し経《た》った。

付き合っていた頃。なんとなく真冬のお腹をぺちぺちと触るのが好きだった。

ふと、真冬の方に手が伸びてしまうも、ぺしっと払いのけられた。

「悪ふざけだし、何度も触らせてあげる訳ないじゃん」

「お前から触らせてきた癖に」

「……ど、どうしてもなら良いけど」

「ん？　なんか言ったか？」

「ううん。何も言って無い」

話してる間にドタドタと飲み物を持って俺の部屋に小春ちゃんが戻ってきた。

さてと、元恋人っぽい会話は封印だ。

依然として、元恋人だとシェアハウスの住人にバレれば、気まずい思いをさせてしまうのには変わりないし。

「ただいまです。はい、悠士先輩と真冬先輩もどうぞっと」

小春ちゃん愛飲のパックジュースを貰《もら》う。

「気が利《き》くな。ありがとう」

「小春ちゃんって、そういう風に自分だけじゃ無いとこが可愛《かわい》いよね」

「ですよね？　さ、続きと行きましょうか！」

ちゅーっとパックジュースに刺さるストローを吸い始めた真冬は俺に聞く。

「せっかくだしさ。話題とか云々《うんぬん》じゃなくて、面白いのを見せてあげようよ」

「高校で話題にできるような作品が良《い》いって思ってたんだけどな。まあ、アニメ好きになって貰いたいし、ちょっと古いけどかなり人気が出た奴を見るか……」

こうして、俺達は３年前に物凄《ものすご》く人気があったアニメを見るのであった。

区切りの良いところまで見終わるともういい時間だ。

アニメを見るのを止め小春ちゃんに感想を聞く。

「どうだった？」

「はい。今日見た中で、一番面白かったですよ！　まあ、アニメよりも悠士先輩が真冬先輩に弄《いじ》られて、きょどってる方が面白かったんですけどね？」

「耳元で囁かれたら、くすぐったくなって意外と誰でも顔を赤くするからな？」

「え～、本当ですかあ？」

「じゃあ耳を貸せ。わからせてやるよ」

「またまた～。悠士先輩ってば負けず嫌いなんですから。しょうがないですね～。小春ちゃんがお相手してあげましょう！」

耳をこっちに向ける小春ちゃん。お前はまだわかってない。

耳元で囁かれたり、息を吹きかけられたりするだけで結構恥ずかしいことを。

そろーっと耳元に口を近づけ、俺は囁く。

「昔と変わったな。見違えたように可愛くなった」

ちょっとキモイな……。自分でやった行動があれ過ぎてぞっと鳥肌が立った。

小さい声なのが気色悪さをより一層引き立たせてる。

罵倒されるの覚悟で小春ちゃんの方を見たら、

「あ、あぅ……」

ポッと顔を真っ赤にして唸《うな》る小春ちゃん。

まあ、わかる。そう、そうなんだよ。

耳元で囁かれるのってあんまりない経験だから普通に恥ずかしいし、ぞわっとしちゃうんだよな。

「な、なんだよ」

小春ちゃんが顔を赤くする一方。

めっちゃ怖い目で真冬がこっちを見ていた。

「ううん。何でもないよ」

「いや、絶対になんかあるだろ」

「ねえ、悠士って何歳だっけ？」

「お酒が飲める20歳だ」

今年の4月に誕生日を迎えもう成人。

年齢がどうしたんだ？　と思っていたら真冬は背筋を凍らせるような一言を告げる。

「高校1年生。15歳の子に変なことしちゃダメだからね？　機嫌を損ねられたら、普通に捕まるよ？」

「……ま、まあ。小春ちゃんは妹みたいなもんだ。せ、セクハラで訴えるようなこと、し、しないよな？」

耳元で囁いたときから、ずっと顔を真っ赤にしたままの小春ちゃんに問うも、聞こえてないようで無視されてしまう。

「悠士は、セクハラだと言われてもおかしくないことをしてると自覚しときなよ？　いくら小春ちゃんが妹みたいに可愛いからって、年齢が年齢なんだからさ」

「別に妹として可愛がってるだけで……」

「そ、そうですよ⁉」

あ、置物と化してた小春ちゃんが生き返った。

「ほら、こう言ってるし」

「わ、私はいきなり悠士先輩に可愛いだなんて言われても、全然嬉《うれ》しくなんてありませんよ！　だって、悠士先輩はお兄ちゃん的な存在なんですから。た、ただ、耳元で囁かれたのでびっくりしただけです！　それじゃあ、そろそろご飯なので失礼しますね！」

顔を真っ赤にしたのを認めないかのような捨《す》て台詞《ぜりふ》を吐き、勢いよく逃げて行った。

「念のため気を付けないとダメか……」

大丈夫だろうと高を括《くく》っていた。小春ちゃんも別に嫌だとは言っていないが、甘く見過ぎなのは多分間違いない。真冬の言う通り、一線は引いとくべきだ。

「セクハラって思われたら、俺、間違いなく捕まるもんな」

年頃の女の子だ。このまま接し続けるのは危ない。

「うん。そうしときなって。だって、悠士は、べ、別に小春ちゃんをい、異性として見てるわけじゃないんでしょ？」

「まあな。さてと、俺もそろそろ飯にするか……」

夕食をどうしようか悩みながら立ち上がるのだが、真冬はなんと言うか物凄く何か言いたげな顔で膝を抱えて座っていた。

「どうした？」

「別に……何でもない」

「どう見ても、何か言いたげだろ」

「そ、そんなわけないじゃん……」

ところどころ素直じゃない真冬。

それもご愛嬌《あいきょう》ということで、まあ昔は深く聞くことはしなかった。

今はそれじゃダメだ。真冬とやり直すためにも俺は変わらなくちゃいけない。

「いいや、聞かせろ」

「今日はやけにしつこいじゃん。前は、私が嫌そうにしてたら、すぐに聞くのを止めてくれたのにさ。なんでなの？」

反省してるからだ。俺は馬鹿なことに真冬が浮気したと勘違いした。

それはきっと、俺がしっかりと真冬に聞くべきことも聞けずにいたからだと思う。

だからこそ、こうして聞いてる。

それを説明するのが結構恥ずかしいので頬をかく。

「あ～、あれだ」

「なに？」

「お前に嫌われるのが嫌で、お前に必要以上に話を聞かなかったろ？」

「それがどうしたの？」

「それって間違いだったんだって思ってる。ほら、浮気《うわき》されてるって勘違いしたときもさ、俺がもうちょっとお前に踏み込んでれば一発でそんなことしてないってわかったはずだし」

「うぅ……。そ、そうなんだ。ホント、最近の君はずるすぎ……」

馬鹿にしないどころか、満更でもない顔であたふたしてる可愛い元カノ。

正直に言って良かったと安心する。

「で、どうしたんだ？」

改めて真冬に聞いたら、観念した真冬は思いを打ち明けてくれる。

「小春ちゃんにしたみたいなこと、私にしてくれたことないなあ……って」

「は？」

え、なんだ。そんなこと？

「耳元で囁《ささや》くとか、ちょっと気恥ずかしめなことをしたら、お前は怒ると思ってた。もしかして、お前も本当はああいうのがされたかったってか？」

真冬と付き合っていた頃。俺が割と浮かれてたときだ。

本当に恥ずかしくなるようなことをたくさんしようとしていたら、恥ずかしくなるから嫌だと言われたのはよく覚えている。

嫌がることはしたくないので、あんまりそう言うことをしてこなかったんだけどな。

「だって、私、素直じゃないし」

「それは知ってる」

「しょ、正直に言うと、ああいうのされたかった。一度、ああいうのはダメって拒んだじゃん？　だから、悠士にして欲しいな～って言えなかった」

「ちょっとだけ抱きしめて良いか？」

実はちょっと傍《はた》から見て恥ずかしくなるような行為をされたかった真冬。

そんな元カノが可愛すぎて抱きしめたくなってしまう。

今は友達だ。恋人でもない俺が、真冬に抱き着く権利なんてない。

なので同意を求め、真冬にハグしようとした。

「やだ。今、されたら、悠士のことがもっと好きになっちゃう。もうさ、同棲《どうせい》での失敗を繰り返さないようになんて、どうでもよくなっちゃう……」

顔を覆い隠しながら抱き着くのを拒否される。

感情に飲まれて、何も反省しないまま恋人に戻りたくない。

またしくじりたくないからこそ、俺は感情を押し殺し真冬に笑いかけた。

「ああ、そうだな。じゃあ、今は腹割って話すか」

俺は夕飯を食べるために部屋を出ようと立ち上がっていたが、真冬の横に座って話し始める。さっきよりも少しだけ近くで。

「お前が実は耳元で何か囁かれたいって知ってびっくりした」

にやにやと隣に座ってる元カノを見た。

「うっ……。やっぱりそう言う顔した……」

真冬は恥ずかしそうに悶《もだ》えているも、晴れやかさを感じさせる顔で話を続ける。

「でも、話せてすっきりした。やっぱ恥ずかしいけど」

「そうか。なんか、こう言うことを言うのは恥ずかしいけど、敢《あ》えて言わせてくれ」

「悠士の言うことは、きっと恥ずかしくないよ」

「じゃ、言うか……。あれだ。真冬と俺は話してるようで、話してなかったんだなって」

「あははは、かもね」

苦々しく笑う真冬とクスリと笑う俺。

「お前が耳元で囁かれたいだなんて、初めて知ったからな」

「だって、こっちから拒んだのに、やっぱりして欲しいって言いにくいじゃん」

「だな。で……だな。これからはもっとたくさん話そう」

真冬にまじまじと話すのが恥ずかしい。でも、これで良《い》い。

一度終わっている俺達だ。馬鹿正直に恥ずかしいことを言うくらいでちょうど良いんだ。

「うん」

「という訳で、真冬よ。実は耳元で囁かれてみたい以外に、一度拒んだけど、こういうことをして欲しいことってあるか？」

「あ、ある」

「おう。話せ。話せ」

「コンスタにツーショット写真を投稿したい」

「え、ああ。そうだったのか？」

コンスタグラムをスマホにインストールしたばっかりなとき、俺は真冬と写真が撮りたくて一緒に撮ろうと誘った。

しかし、恥ずかしいって言われてダメだった。

「嫌だって前は断ったけどさ。何だかんだで、友達が投稿する彼氏とのツーショット写真を見てたら……良いなって。私もしたいなって」

「じゃ、じゃあ、撮るか？」

「ううん。今は撮らない」

「なんでだ？」

ツーショット写真が撮りたいのに撮るのを我慢する理由が分からない俺に、真冬はわざとらしく作った呆《あき》れ顔でこう言うのだ。

「私達は今、恋人じゃ無くてシェアハウスで一緒に暮らす友達なんだよ？」

「ああ、それもそうだ。じゃ、よりを戻したときの楽しみにしとくか」

「そうそう。楽しみは取っとかなきゃ」

＊

真冬と仲良くできてる今日この頃。

バイトが終わり家に帰って来た俺はもちろん『ただいま』の挨拶を忘れない。

「ただいま」

「あ、お帰りです～」

シェアハウスのキッチンの方から日和さんが返事をしてくれた。

使ったら綺麗《きれい》にすれば、誰でも自由に使えるキッチンでは、よく日和さんが料理をしている。

今日もそのようで、仕事終わりでスーツを脱ぎさり、ラフな格好になった日和さんは、鍋の中身をおたまでぐるぐるとかき回してる。

「日和さんって、よく料理をしてますよね」

「外でご飯を食べるよりも、家で作れば、好きな量と好みの味にできますからね。あ、せっかくだし味見してください」

小皿にトマト煮を載せて俺に差し出してきた。

ナス、鶏肉《とりにく》、玉ねぎがちょうどいい感じに一口分載っている。

口に含むと広がるトマトの酸味と風味。

トマトの味をより一層引き立てるチキンの旨味《うまみ》が全体を纏《まと》め上《あ》げている。

「意外とオーソドックスな気がしますよ？　お店に近いような……」

「いえいえ。そこにドカンと溶けるチーズを載せるんです。外じゃ、絶対に出てこないほど、たくさん」

「あ～、良いですね」

「正直、お店で食べる料理に載ってるチーズって物足りない気がしません？」

「分かります」

「そういう訳で私は外じゃ下品って言われるくらい、やりすぎな感じにチーズを掛けたり、お肉をガツンと載っけたり、外じゃ出てこない料理が好きで作ってるんです。後は……、純粋に料理ができるとモテるって言われたので、一応自分磨きも兼ねてます」

「確かに、料理ができない人よりも、できる人の方が俺には魅力的です。ま、できなくても、別に気にしないですけど。あ、トマト煮ありがとうございました。それじゃ」

「いえいえ。多めに作ったので良かったら食べます？　もちろん食材費は貰《もら》いますけどね」

「ごちそうになります」

「はい。それじゃあ、でき上がったら呼びますね？」

十分後。俺は日和さんに呼ばれたので、ダイニングテーブルへ向かった。

ダイニングテーブルには、俺以外に朝倉先輩もいた。

「あ、加賀くんも誘われたんだ。いや〜、毎度思うけど、このシェアハウスってたまに日和さんが料理してくれるのが良いとこだと思わないかい？」

「確かに助かります。あれ？　小春ちゃんは？」

日和さんが食事を作れば一緒に食べている小春ちゃんが今日はいなかった。

「今日は遊びに行ってるってさ」

「お待たせしましたっと。それでは食べましょうか。頂きます」

日和さんの掛け声で食事が始まる。

さっき味見したときよりも、より煮込まれたトマト煮が最高に美味《おい》しい。

「そう言えば聞いてよ。日和さん。この前、大学に行ったってのに、講義が休講になってた。ほんと、もう少し早く情報を更新しても良いと思わない？」

「ほほう。私の時はまだスマホが普及しきって無かったので休講のお知らせは学校の掲示板で確認してました。今は休講になった場合、スマホなどで知れるんでしたっけ。加賀君のとこもそうなんでしょうか？」

「そうですね。休講の情報以外にも大学が作ったサイトで色々見られます」

「へ～、便利なことで……。私が大学生の時にそんなのがあったらなあ」

日和さんが世代差を感じてる中、ふと疑問に思っていたことを聞いてしまう。

「あ、日和さんって何歳なんですか？　まだ聞いてなかったような……」

「……」

無言でぴくッと眉を引きつらせる日和さん。

そして、横では朝倉先輩があちゃ～という顔で俺を見てきた。

「えっ、あ、はい。聞いちゃダメでした？」

「……いえ。まあ、別に良いですよ。私は四捨五入すると30歳です。結婚適齢期に近づいてきたので年齢的にだいぶ焦《あせ》ってきてますね」

四捨五入ってことは……25～34の間か？

割と広い年齢だ。空気が凍りかけたのは日和さんが結婚適齢期だからか？

そうであれば、まず25はないだろう。

となれば、26か27か28？

いや、ちょっと婚期を逃しそうで焦ってるってことは……29もあるのか？

待てよ？

大学の休講の知らせが大学にある掲示板でしかわからなかったって言ってたな。

四捨五入すると30歳って言ってるし、30代前半って線もあり得るのでは？

「加賀君。今、私の年齢が何歳か当てようとしてます？」

笑っているけど、どこか怖さを感じさせる日和さん。

年齢を探られるのがあんまり好きそうじゃないし、年齢については綺麗さっぱり忘れることにしよう。

「いえ、考えてません」

「ま、知られても別にどうってことは無いんですけどね。正解は26歳ですよ」

「へ〜。大学の休講を知るのが掲示板だったって言ってたし、もう少し上かと考えちゃいましたよ。あと、結婚適齢期で焦ってるって言ってましたし」

何気ない俺の一言に日和さんは心外だと言わんばかりだ。

「スマホが本当に普及したのは最近ですから！　まだ、学校によっては全然スマホが活用されてない大学とかあると思いますよ？　あと、結婚適齢期が近いのに彼氏がいないから焦ってるだけで、別に結構な年上じゃありませんから！」

「あ、すみません」

「あはははは。怒らせちゃったね。加賀くん」

俺と日和さんのやり取りを見ていた朝倉先輩に笑われた。

一人だけ高みの見物をさせてたまるか。

「朝倉先輩って、最初に日和さんと会ったとき、何歳くらいだと思ってました？」

「見た目は20代後半くらいに見えた。でも、雰囲気が落ち着いてたし、シェアハウスを持ってるから、30代かもって思ったね」

「へ～。龍雅《りゅうが》君は私のことを30代かもって思ってたんですね」

「あ、いや、見た目は全然見えなかったよ？　ただ、こんだけ立派な家を持ってるから、そう思っちゃっただけでさ。いや、うん。本当に」

細い目で日和さんに詰め寄られ、あたふたする朝倉先輩。

ふっ。目論見《もくろみ》通りだ。俺の罠《わな》にまんまと嵌《はま》った。

「30代って思ったんですよね？　私はまだ26歳なのに」

「い、いや～。言葉の綾《あや》で。ね、加賀くんもシェアハウスを持ってる人が20代って思えないよね？」

「十分思える。なんか宝くじを当てて、資産運用してるのかな～って感じです」

「僕は単にオーナーになれる年齢って考えた時、30代かなって思っただけで……」

「ふふふ。別に怒ってませんよ？　何をそんなに慌ててるんですか？」

わざとらしく無表情で日和さんは朝倉先輩に詰め寄る。

じりじりと朝倉先輩が追い詰められていく中、真冬がバイトから帰ってきた。

「ただいま。あ、トマト煮だ。日和さん。お金払うから食べさせてよ」

「あ、真冬ちゃん。お帰りです。たくさん作ったので、どうぞどうぞ」

助け船が来たと朝倉先輩はこの機を逃さない。

「おかえり。真冬ちゃん。ところで、真冬ちゃんは日和さんと初対面のとき、何歳くらいだと思ったんだい？」

「ん？　24くらいかな」

「そうですよね？　まったくもう。龍雅君ってば酷《ひど》いんですよ？　私のこと、初対面の時は30代だと思ってたって言うんです。酷いですよね？」

「くっ。まんまと加賀くんに嵌《は》められたよ……」

それから真冬も加わり4人で夕食を食べながらワイワイと過ごすのであった。

色々と懸念《けねん》や心配事はたくさんある。それをかき消すほどシェアハウスの暮らしは楽しくてしょうがない。食後にリビングでくつろぎながら良《い》いことばっかりだなと思っていたら、

「なあ、真冬よ。1階のトイレも2階のトイレも空いてない場合はどうすれば？」

猛烈にトイレに行きたいのに全部使用中だ。

「諦めてコンビニへダッシュでしょ」

「いや、コンビニに行くよりも待ってた方が……」

「ん～。二人ともすぐには出てこないと思うよ。私もそうだしさ」

「どういうことだ？」

「共同生活におけるエチケットだよ。トイレに消臭スプレーを撒《ま》いて、匂いが散るまでみんな待ってるし」

「なるほど。くっ。まだトイレに入ってるのが真冬だったら、さっさと出ろって言えたのにな……。じゃ、割と漏れそうだからコンビニに行ってくる」

「なら、アイス買ってきてよ。良いでしょ？」

「わかった。適当に見繕ってくる」

「うん。お願い。じゃ、いってらっしゃい」

トイレを使っているのは真冬以外の住人。

出て来るのを待っていたら、漏らしそうだったので俺はコンビニに向けて走り出す。

「ったく。シェアハウスはこうだから嫌なんだよ……」

良い面もあれば、悪い面もある。

それが、シェアハウスっていうものだと痛感させられる俺であった。

9章

そして、二人は歩き続ける

ある日の夕暮れ時。

俺は女子高生ながらシェアハウスに住む小春《こはる》ちゃんと肩を並べて歩いていた。

「いやあ悠士《ゆうじ》先輩とのツーショット写真をコンスタに上げると本当にいいねがたくさんついて最高ですね。今日もありがとうございました」

小春ちゃんはコンスタ映えを狙うコンスタグラマー。いいねやコメントが貰いたいお年頃。この前、タピオカを二人で飲みに行ったとき、俺とのカップル感を漂わせるツーショット写真を投稿した。

すると、瞬《またた》く間《ま》にいいねとコメントがたくさん貰えた。なので、今日も俺は小春ちゃんとコンスタ映えしそうなパンケーキを食べにお出掛けしていたわけだ。

「タピオカのときは感動が薄かったが、今日のパンケーキは本当に旨《うま》かったな」

「はい。超激うまでした。あのふわふわ感は本当に凄《すご》かったです」

「ああ、そういや。お金を払うのを忘れてたな」

パンケーキのお会計の時、気が付けば小春ちゃんにさっとお金を出されていた。

今日は奢《おご》る気はないので、自分が食べた分だけを払おうとする。

が、しかし。前を歩く小春ちゃんはしっかりと俺の方を見て笑った。

「今日は私の奢りです！　この前、タピオカを奢って貰《もら》いましたからね」

「今日の方が高かっただろ？　気を遣わなくても……」

「いえいえ。コンスタに上げる写真を撮るのに協力して貰ったので良いんですよ」

「お小遣いが足りなくなったので、後で返してくれ～ってのは無しだからな」

「わかってますって。でも、お小遣いが今は本当にいくらあっても足りる気がしません。は～、私が18歳だったら良かったのに……」

「18歳？」

「ほら、私のコンスタって人気がありますよね？　だから、色々とお話がくるんですよ。うちの会社と契約して商品をステマしてください～って感じで」

「ああ、まだ18歳じゃないから契約を結べないのか」

「そういうことです。さてと、今日は本当にありがとうございました。今回投稿した写真も超人気ですよ？　彼氏カッコイイ！　お似合い！　私の彼氏は行列に並んでくれないから羨ましいとかほんと色々コメントが付いてます」

「やっぱり彼氏だと思われてんだな。小春ちゃんは俺のことを周りが彼氏だって勘違いしても嫌じゃないのか？」

前を歩く小春ちゃんは車通りの無い道路で立ち止まり、俺の近くにやって来た。

「嫌だったらお出掛けに誘いませんからね？」

ニコッと可愛《かわい》らしく笑う。そんな小春ちゃんが可愛くて、つい頭の上に手を置いてしまう。まるで、昔みたいに撫《な》でてやるかのように。

「女の子が頭を撫でられるのが嬉《うれ》しい〜って勘違いしてますね？　実は女の子って意外と頭を撫でられるのはセットが崩れるから嫌いなんですよ〜だ」

「うるさい。昔みたいに素直に撫でられとけ」

生意気な物言いをする小春ちゃんの頭をグシャグシャと強めに撫でる。

昔はこうしてやったら、喜んでたからな。今は、喜ぶかわからないけど。

で、小春ちゃんは笑いながら文句を垂れてきた。

「ちょ、悠士先輩。やりすぎです。昔じゃないんですよ？　今はそんな撫で方されても、全然嬉しくないですから！」

「嘘《うそ》言え。どう見ても、嬉しそうだぞ？」

「昔は撫でて貰ったな～って思い出し笑いしてただけですし。そろそろ止めないとセクハラで訴えますよ？」

「くっ。止めろ。割とその話題は俺に刺さる」

真冬《まふゆ》にも言われている。そう、俺は20歳。小春ちゃんは15歳。

セクハラで訴えられたら、確実に負けてしまう。

「ふふふ。訴えられたくなければ……ん～、あ、そうだ。こんな風にまた遊びに付き合ってください」

「なら、しょうがない。暇だったら付き合ってやろう。小春ちゃんは俺の妹みたいなもんだしな」

「わ～い。お兄ちゃん大好きです！」

……。

………。

…………。

今となっては俺のことを悠士先輩と呼ぶ小春ちゃんにお兄ちゃんと呼ばれ、ついつい固まってしまう。

何の気なしで言った小春ちゃんも、俺にお兄ちゃんと言った後、恥ずかしくなってきたのか、顔を真っ赤にしてボソッと呟《つぶや》く。

「何となくでお兄ちゃんって言っただけなのに、固まらないでくださいよ……」

「悪い。なんていうか、いきなり言われたからな」

「まったくもう。あ〜、恥ずかし。もう二度と、お兄ちゃんって呼びません。てか、悠士先輩は私のことをまるで年端《としは》も行かない妹扱いしすぎです。こう見えて、私は高校生なんですよ？　もっと、大人として扱ってください」

「大人って言ってもなあ……」

まだまだ小春ちゃんは子供だ。俺のそういう態度が透けて見えたのだろう。

小春ちゃんはむっとして、俺の手を握って恋人ごっこを始める。

「デート楽しかったですね。悠士くん」

「彼女アピールしても俺の態度は変わらないぞ？」

「っち。妹扱いされたので、彼女ぶってみましたが失敗しましたか。でも〜、手汗が出てますよ？　あれですか？　こんな可愛い子に手を握られて、やっぱりドキドキしちゃってるんですよね？」

「うるさい妹め。ほら、手を離せ」

「嫌です〜」

「こんなところを目撃されたら困るのは小春ちゃんだと思うが？」

力任せなどの野蛮なことはしない。

知恵を使って、なんとか小春ちゃんの手を振りほどこうとしたときであった。

肩をトントンといきなり叩《たた》かれた。

びっくりした俺が慌てて背後を振り向いたら、

「仲良さそうだね。悠士？」

やたらと笑顔な真冬が立っていた。

「よ、よう」

「あ、真冬先輩。今朝ぶりでーす」

「で、二人はどこに行ってたのかな？」

「パンケーキを食べに行ってきました！　あ、もちろんコンスタ映えのためですからね！　こう、悠士先輩という男と食べに行ったのを匂わせると、いいねとコメントがたくさん貰えるので付き合って貰いました」

「そっか。それは良かったね」

真冬はニコッと笑い、やたらと上機嫌そうに小春ちゃんに良かったねと言った。

「あ、真冬先輩はバイト帰りですか？」

「うん。ついさっき終わったばっかりで帰り道かな。ところで、悠士さ。後で、話したいことがあるから悠士の部屋に行っても良い？」

「え、あ、はい」

ついかしこまって答えてしまう。

なにせ、やたらと真冬が上機嫌な時は何か裏があるのだから。

肝を冷やしながら、俺は二人と今住んで居る家へ帰った。

＊

「座るね」

話したいことがあるという宣言通り、俺の部屋へ真冬がやって来た。

「で、その……話したいことってのは……」

「アニメ見たくてさ。最近、始まったあのアニメって録画してあるでしょ？」

「もちろん録画してある。まあ、ゆっくり見て行ってくれ」

ふぅ。あ、これは何もないパターンだな。

やたらと上機嫌なときは何かあることが多いってだけ。何もなかったことも普通にある。

「ありがと。じゃ、お言葉に甘えて見せて貰うね」

リモコンを操作し録画したアニメを再生。

真冬は俺の部屋に置いてあるクッションを抱きかかえて、静かにアニメを見始めるかと思いきや……。

「小春ちゃんとのお出掛けは楽しかった？」

浮気《うわき》を問い質《ただ》すかのような物言い。

くっ。やっぱり何かあった。

「楽しかったけどさ。俺と小春ちゃんの仲だし……」

「そっか。うん、小春ちゃんは良い子だし。そりゃ、楽しいよね」

「嫉妬してるのか？　何度も言うけど、小春ちゃんは妹的な存在で……」

小春ちゃんは幼馴染《おさななじみ》というか、兄妹《きょうだい》みたいな関係。

俺は気になる女の子として見たことなどない。

それに、小春ちゃんも俺をお兄ちゃん的な存在と言っているし……。

「うそつき……。今日だってさ、仲良くパンケーキを食べに行ったのをコンスタにあげてた。私とはそういうことしてくれなかったのに。どうせ、もう私なんかどうでも良くて、小春ちゃんの方が好きなんでしょ？　ねえ、そうなんでしょ？」

「いや……だから、小春ちゃんは妹的な存在だって何度言えば……」

真冬は抱きかかえていたクッションを俺に投げつけて叫ぶ。

「妹みたいだからって言ってるけどさ。あんな風に仲良いのを見せられたら、もの凄《すご》く辛《つら》いに決まってるじゃん！」

大粒の涙がぽろぽろと真冬から溢《あふ》れ出《だ》していた。

これって、俺が悪いのか？

昔馴染《むかしなじ》みの小春ちゃんと仲良くしちゃダメなのか？

真冬の涙のせいで動揺して、必要以上に強い口調になってしまう。

「何度言わせれば良い。俺と小春ちゃんは兄妹みたいなもんだ。お前が思ってるようなことは何一つないからな？」

真冬の態度に妙な引っかかりを覚えながらも言ってしまった。

「……そっか。ごめん。それじゃ」

何も言い返さずに真冬は去って行く。

ただ空《むな》しく、アニメの音が鳴り響く部屋に俺は一人寂しく取り残された。

「最低だな俺……」

自分の言動を振り返った俺は自分のダメさを嘆く。

俺にとって小春ちゃんは妹みたいなものだ。

だけど、真冬からしてみればそう思えるとは限らない。

年は5歳離れているが、若者同士で血のつながりもない。

真冬が嫉妬するのも普通だってのに。

ちゃんと謝ろう。とはいえ、今日は止めとくべきだろうな。

だけど、少し腑《ふ》に落ちないのはどうしてだ？

何かが噛《か》み合《あ》わない。

どうして、真冬があそこまで嫉妬心をむき出しにして俺に迫ってきた？

「わからん」

結局、考えても違和感の正体に気が付けない俺はベッドに倒れこむ。

ふぅ……、どう謝るかちゃんと考えとかないとな。

＊

真冬と喧嘩《けんか》した次の日。大学の講義が終わり家に帰って来たときである。

玄関で真冬と出くわした。

「出掛けるのか？」

「見てわからない？」

「帰って来たら、話したいことがある。と、ところでこれからどこに行くんだ？」

ちょっとおしゃれしている真冬がどこに行くのか気になる。

「真冬ちゃん。お待たせ。あ、加賀《かが》くん。お帰り」

朝倉《あさくら》先輩が玄関にやって来た。

「あ、ただいま。朝倉先輩もお出掛けですか？」

「うん。まあそうだよ。これから、真冬ちゃんと一緒にデートかな」

「え？」

「ほら、朝倉先輩。変なことを言ってないで、急ご。乗ろうとしてる電車に間に合わなくなるよ？」

「おっと、そうだった。それじゃ、行ってくる」

「あ、はい」

真冬と朝倉先輩は電車に乗り遅れまいと急いで家を出て行く。

「そりゃないだろ……」

ぎゅっと力強く拳を握る。真冬に謝ろうと必死だった。

だというのに、謝りたい相手は俺の気持ちなんて気にせず、朝倉先輩という男とお出掛けに行くだと？

もちろん二人が別に異性として惹《ひ》かれ合っているとは思わない。

「俺のことはお構いなしかよ」

小春ちゃんと遊ぶ俺に真冬は嫉妬して色々言った。

別に朝倉先輩と二人で遊びに行くのは、普通にあり得るし問題もない。

だけど、昨日の一件があるせいか俺はどこか腑に落ちないのであった。

＊

朝倉先輩と遊びに行った真冬を見てから、もやっとした感覚に囚《とら》われているとサークルの先輩からあるメッセージが届く。

『飲み会に来いよ。もちろん奢《おご》ってやるから安心しろ。人が少ないから頼む……』

酒でも飲めば気晴らしになる。

しかも奢ってくれるそうなので、俺は先輩が飲んでいる居酒屋に行くことにした。

「お、よく来たな。いや～、バックレた奴《やつ》のせいで人数が少なくて盛り上がりに欠けててな。ほれ、座れ座れ」

まだまだ飲み始めたばっかり。お酒以外はサラダと枝豆しかない机。

さてと、問題はだ。

「ちょ、先輩。合コンだなんて聞いてませんけど？」

「そりゃあ、言ってねえからな。まあ、合コンって言っても、別にガチガチな婚活パーティーじゃあるまいし、適当に飲んで適当に楽しめば良いんだぞ？」

真冬のことが頭によぎる。あいつが朝倉先輩と仲良くするなら、俺だって他の女の子と仲良くしたって別に何の問題もないか。

「あ～、じゃあ」

「お、今日はいつもと違って乗り気だな。ささ、座れ座れ。一杯目はビールで良《い》いだろ？

あ、すみません。生ビールひとつお願いします」

「かしこまりました～」

せっかくだし今日は楽しもう。

あいつも今頃、朝倉先輩とよろしくやってるだろうし。

俺は座った後、すぐ様向かい合って座ってる女性陣に軽く挨拶した。

「どうも。先輩に呼ばれて来ました加賀悠士です」

気さくに話しかけると、女性陣も挨拶を返してくれる。

「どうも～。今日はよろしくね。私は山岸《やまぎし》紗矢《さや》。この居酒屋の近くにある大学に通ってる大学3年生！」

この居酒屋の近くにある大学って、朝倉先輩が通ってるところだな。

よし、ちょうどいい話題ができた。

「へ～、そうなんだ。山岸さんの大学に朝倉龍雅《りゅうが》って知り合いも通ってるんだけど知ってる？」

「あ、格好良いって女子に騒がれてるので有名な龍雅くんですよね？　話したことは無いけど知ってるよ。学園祭でバンドのライブをしていっぱい人集めてたし」

「へ～。朝倉先輩はバンドやってるのは知ってたけど、意外と人気なんだ」

「そうそう。キャラも作ってガチってるよ。だから、女子受けも本当に凄いし。あ、写真見せてあげる。ほらこれこれ」

見せてくれた写真には、ギターを持って演奏してる朝倉先輩の姿。

黒色でイメージに合った格好良い衣装を纏《まと》っている。

「格好良いな。そういや、彼女がいないって言ってたんだが、あのモテようだと嘘《うそ》なんじゃ？　って思ってる。そこら辺はどう思う？」

朝倉先輩に愚痴りながら酒を飲んだときに教えて貰《もら》った。

彼女がいたことがないということ。嘘つけ、今日だって真冬とお出掛け。

絶対に彼女はいたに違いない。

「彼女はいないかあ……。噂《うわさ》だと近づいてきた女の子をバーで酔わせた後、ホテルに連れ込んでるらしいよ。まあ、絶対に周りがでっち上げた嘘なんだろうけど。事実だったら、色々と衝撃的だし。それよりさ、龍雅くんじゃなくてさ、そろそろ悠士くんのことを話してよ。一応、この場は合コンなんだしさ？　ね？」

「あ、悪い悪い。それじゃあ……」

せっかくの合コンだ。楽しまなきゃ損だろ？　そう思い目の前にいる女性と話すのであった。

気が付けば、あっという間にお店から出る時間だ。

「じゃあね～」

去って行く女性陣。それに先輩は手を振って挨拶する。

「気を付けてな～」

俺も適当に手を振って見送る。

男だけになった後、俺を呼び出した先輩が俺に言った。

「いや～、ありがとよ。一応、合コンってことで頭数は揃《そろ》えとかなきゃいけなかったからな。バックレた奴の代わりにお前が来てくれて助かった」

「いえ、無料で飯とお酒が飲めたので気にしないでくださいよ」

「にしても、今日のお前は中々にハングリー精神旺盛だったじゃねえか。いつもは女の子に食いつかない癖によ」

「あははは……。それじゃ、俺は帰るんで」

「おう。加賀が帰んなら今日はこれでお開きにすっか。じゃ、かいさーん」

気の抜けた先輩の宣言で俺達は散る。

随分と酒臭くなった俺はそそくさと電車に乗って家に帰ろうとする。

駅の方向が分からなくなったのでスマホで調べようとするも、酔ってるせいか地図アプリではなく指が逸《そ》れコンスタのアプリを開いていた。

俺の目に入った画面に映る投稿はというと、真冬の投稿だ。

こじゃれたバーでの写真に添えられていた文はこうである。

『あんまり得意じゃないけど、今日はお酒を飲もうかな？』

酔った頭で真冬の投稿を眺めていると、俺の真ん前に座っていた、朝倉先輩と一緒の大学に通っている山岸さんから聞いたことを思い出してしまう。

「近づいてきた女の子をバーで酔わせた後、ホテルに連れ込んでるらしい」

ひとつ屋根の下で暮らしている朝倉先輩はそんなことをしないのは知っている。

そうだとわかっていても落ち着かない。

もしかしたら、噂は本当で朝倉先輩は真冬を酔わせてホテルに……。

「朝倉先輩に食われようが俺には関係ないな」

酔ってるせいか独りごとが止まらない。

真冬がどうなろうが俺の知ったことじゃないのにな。

だけど、気が付けば俺は真冬のコンスタの投稿を頼りにそのバーへ走っていた。


好きだ。

やっぱり俺は真冬が大好きだ。

万が一が起きていたら俺は絶対に後悔する。朝倉先輩に絶対に渡してたまるか！

真冬は俺の彼女だったし、これからも誰にも渡したくない！！！

それに俺は大馬鹿だ。

異性と言えど、仲良く遊ぶなんて普通だというのに、勝手にふて腐れて、自暴自棄になって、真冬なんてどうでも良いなんて思い掛けてた。

これじゃ浮気《うわき》されたと思って、別れたときと同じだ。

勝手にまた真冬は俺のことはどうでも良いんだなんて勘違いしそうになっていた。

それで、俺は失敗しただろうが！

「また繰り返してたまるもんか。ちゃんと真冬と向き合え」

真冬のコンスタの投稿は一つじゃない。

いくつもの投稿があって、ご丁寧にバーの名前が書いてある投稿もあった。

電車に乗り、駅をまたぎ俺は真冬が飲んでるであろうバーに辿《たど》り着《つ》く。

カウンター席しかないため、入ったらすぐに真冬と出会えた。

朝倉先輩はトイレにでも行っているのかいない。

そして、俺はカウンター席に座っている真冬の手を摑《つか》んだ。

「え、なに？」

「行くぞ。店員さん。これで足ります？」

無銭飲食は犯罪だ。俺は1万円札を店主に渡す。

「はい。大丈夫ですよ。お連れの方に何かお伝えすることはありますか？」

「ないです」

「かしこまりました。よろしければ、またお越しくださいませ」

丁寧な店主に見送られながら俺と真冬は店の外へ出た。

真冬はというと何が何やらと分かっていない顔で俺に聞く。

「あ、え？　え？　何なの？」

「なあ、真冬。俺さ、お前が好きだ」

「う、うん。てかさ、ここだと目立つから場所変えよっか」

渾身《こんしん》の告白は、真冬にあっさり流される。しかし、

「……それもそうだな」

真冬を取り戻しちょっと冷静になった。

一緒に人通りが少ない場所へ当てもなく歩く。

どんどん静かな道になって行く中、真冬は俺に話しかける。

「で、どうしたの？」

「いや、まあ……。あれだ」

　バーから連れ出した後のことを考えていなかった。

　どうしたものかと考えていると、真冬が先に口を開いてくれた。

「あのさ、今言うのもあれだけどさ。昨日はごめん。本当にごめん……」

「俺の方こそ悪かった。小春ちゃんとはいくら兄妹《きょうだい》みたいなもんだって言っても、お前からしてみれば普通に男女に見えるのにな。それを軽く見てた」

「……うん。でも、私の方が悪い。だって、悠士は小春ちゃんのことを妹みたいなものだって言ってるのに信じてあげられないんだからさ」

「てか、あれだ。朝倉先輩に何かされてないか？」

　朝倉先輩のよからぬ噂を聞いた俺は真冬が何もされてないか確認する。

　見た感じは何もされてないが、もしかしたらもあるし。

「何かされたかって……。朝倉先輩は悪いことをするような人じゃないって悠士も知ってるのにどうしたの？」

「いや、まあ。朝倉先輩がバーで酔わせて女の子をホテルに連れ込んでるって噂を、飲み会で聞いて……」

「あははは。何それ」

ありえないと言わんばかりに真冬は笑った。

そうは言っても少しくらいはあり得るんじゃ……。

「私と朝倉先輩は女の子同士なんだからあり得ないでしょ」

「ん？」

「まったくもう。幾ら、バンドで演奏するときのために、キャラづくりで男っぽくしてるとはいえ、朝倉先輩は女性だよ？　何を心配してるんだか」

「あ、え、あれ？」

いやいやいや、待った。何それ。え？　朝倉先輩って女性だった？

ぼ、僕って言ってるし、力強い男らしさを感じる握手もしたし。

男らしく、二人で夜な夜な飲み会だってしてたはずだよな？

俺の混乱をよそに、真冬はいまだ大笑いしている。

「あ～、おもしろい。てか、あれだ。悠士さ、今かなり酔ってるでしょ。だから、勘違いしたんじゃない？」

「……お、おう」

言えない。

初めて出会った時から、朝倉先輩のことを男だと思ってたなんて恥ずかしすぎる。

ま、まあ、バレてないみたいだし隠しとこう。

「そうだ。朝倉先輩に連絡入れとかなきゃ」

いきなり抜け出したことを詫《わ》びるメッセージを送る真冬。

マジか……。朝倉先輩って女性だったのか……。

そういや、俺の部屋に来るとき、警戒気味だったなと色々思い当たる節がありすぎる。

けど、朝倉先輩には性別について何も言われなかったし……。

いや、性別についてわざわざ他人に断るか？

てことは、俺が勝手に勘違いしてたってこと？？？

格好を男に寄せてたら言われなきゃ気が付かないことだって普通にあり得る。

そう、はっきり言われなきゃ……気が付かないしわからな……

「あ」

「どうしたの間抜けな声出してさ」

「真冬。もしかしてさ、お前に小春ちゃんが妹みたいな存在だって言って無かったか？」

「何度もそれは聞いてる。そりゃあ、5歳も離れてれば妹みたいなものだよね」

真冬の反応で確信した俺は顔を覆い隠しながら嘆くしかなかった。

「言って無かったか……。そりゃ言われなきゃわかるわけがないよな」

「何が？」

朝倉先輩にメッセージを送ってる最中の真冬に俺は真実を伝える。

「小春ちゃんが小さいときに、俺が色々と面倒見てたのって聞いてないよな？」

「えっ⁉」

真冬は口をあんぐりと開け、間抜けな顔をしたまま止まってしまう。

やっぱりか……。やっぱり言って無かったか……。

「ガチで妹的な存在だ」

「やたらと悠士が小春ちゃんのことを妹って言ってたのは、私への浮気じゃないアピールとしてじゃ無くて？」

「実家に行けば証拠の写真もある」

一気に真冬の顔が真っ赤になっていく。

「ああああぁぁぁ……。なにそれ、聞いてない。聞いてないから‼」

「やけにお前に嫉妬されてると思ってたけど、小春ちゃんが本当に妹みたいな存在だって言って無かったんだな……。悪い」

「あ、ああ……。なにそれ。私、めっちゃ嫉妬してたの馬鹿みたいじゃん……」

その場でうずくまって恥ずかしさを抑え込もうと必死になる真冬。

ああ、くそ。なんだこれ。めっちゃ可愛《かわい》いんだが？

「悪いな。でもまあ、あれだ。幾ら、小春ちゃんが本当に妹みたいな存在だったとしても、多少嫉妬されてもおかしくない。これからは気を付ける」

「べ、別に。し、嫉妬してないから」

「素直じゃないな。まあ、お前のそういうとこ嫌いじゃないから良《い》いけど」

昔からこうだ。彼女がどこか素直じゃないのはもう十分知っている。

恥ずかしくて道端にしゃがみ込んでいる真冬は顔だけをあげてこう言った。

「あのさ、素直に嫉妬してるって言ったら、悠士は私に何してくれる？」

何かを求めるかのような甘えた声。

嫉妬してると言われたところで、俺は何をしてやれば良いんだ？

ちょっと考えていると、真冬はしゃがみ込んだ姿勢から立ち上がって、いきなり俺の手を握り指と指を絡《から》めてきた。

「小春ちゃんと手を繋《つな》いでたんだし、私とも繋いでよ」

「ん？　そういやパンケーキを食べに行った帰り道に繋いだっけ？」

「仲良く繋いでた。あのさ、悠士。もし、私が嫉妬してるのを認めたらさ、こういう風に同じことして良い？」

「小春ちゃんと俺がしたようなことをか？」

「ダメ？」

「いいや。ダメじゃない」

小春ちゃんにしてやれて、真冬にしてやれないことなんてない。

「じゃあさ、今度は私ともお出掛けしてよ？」

「お、おう」

今までにない甘えた真冬の雰囲気にやられてしまいそうになる。

あれ？　真冬ってこんな奴《やつ》だったか？

いつも、どこか素直じゃ無くて甘えたいときは回りくどいのに……。

「確かに悠士と小春ちゃんは本当に兄妹的な存在なのかもしれないけどさ。やっぱり、良い雰囲気だと思う」

「お前の目から見てそうならそうなのか？」

「絶対に良い雰囲気。だから、私はその……えっとさ」

真冬は顔を真っ赤にして言《い》い淀《よど》む。

言いたいことが出てくるまで待っていると、ぎこちない笑顔で俺を襲ってきた。

「小春ちゃんに負けないくらいに頑張るね」

あまりの眩《まぶ》しさに言葉を失う。昔は、俺の方が嫉妬してた。

どこに行っても、真冬はリア充で場の中心的な人物なんだから。

誰からも好かれ、色んな人が真冬に近づいてきた。

そのたびに俺は嫉妬し、好かれようって頑張って頑張った。

真冬がモテるのに対し嫉妬してたのに、今は逆で真冬が俺に迫ってきている。

得も言われぬ新鮮すぎるこの状況に俺はドキドキが止まらない。

「前は俺が今のお前みたいな立場だったのに」

「うん、昔と逆かもね。昔は悠士がずっと誰かに嫉妬しててさ。そのたびに私が大丈夫だって言ってあげてたし」

「そりゃ、お前がモテすぎて俺なんかと釣り合わないいんじゃ……って」

「あははは、まさか私が悠士の立場になるとは思わなかったかな」

そんな彼女は俺の手を痛いくらいに握って離さない。

「恋人に戻るためにも、色々頑張らなくちゃな……」

「今はうまい具合にシェアハウスで共同生活ができてる。なんで同棲《どうせい》は失敗したんだろ?」

「第一に部屋だな。一人一部屋あるのがデカい。お前と気まずくなった時、一人になれる場所があるってのが凄《すご》く安心する」

「確かに。喧嘩《けんか》しても、前住んでたとこだと嫌でも顔を合わせなくちゃいけなかったし……。私はそれが嫌で実家に帰ってたからさ」

「今だから言うが、お前が実家に帰ったとき、精神的に凄くきつかった」

二人で暮らしているはずの部屋に一人。

精神的にきつくなっていたのをぶちまける。

「私が帰って来たとき、『ああ、帰って来たのか？　もう二度と帰ってこないと思ってたのに』なんて言った癖に？」

「あ、あれは……言葉の綾《あや》だ」

「ふーん。それにしては、本音っぽく聞こえたけど？」

「悪かった。た、確かに帰ってこなきゃ良いのにって思ったこともある」

「そんなのはわかってるから別に気にしなくて良いよ。でも、帰ってこなきゃ良いのにって言葉の裏には、ちゃんと私への気持ちがあったのを知れて良かった」

「俺も最近は、ちゃんとお前が嫉妬してるのを知った。で、まあ、そのせいでドキドキが止まらない。どうせ、俺が誰かと仲良くしてても気にされてないって思ってた」

「あ～、うん。隠してたからね」

「何で隠してたんだ？」

真冬は繋いでない方の手で、自分の口元を覆い隠した。

目をこっちに向けず小さく答えてくれる。

「面倒くさい子って思われたくなかった」

「素直じゃないのは前から知ってるっての。今更、そんなことでお前のことを面倒だって思う訳ないからな？」

「そう言われてもさあ……心配なのは心配だし」

こいつ。俺のことが好きすぎだろ。なんで別れちゃったんだろうな。

「さてと、本当に妹みたいな存在である小春ちゃんに嫉妬する真冬よ。手を繋いで満足したか？　夜も遅いしそろそろ帰るぞ」

「割とすっきりした。悠士と小春ちゃんが小さい頃に面識があったのを知れて、凄くすっきりした。出会って間もないのにあんなに仲良しなのは、相性最高じゃんとか、お似合いだとか、そういう嫉妬する気持ちが和らいだかな」

「悪いな。しっかりと伝えてやれなくて」

「大丈夫。もっと勘違いしちゃう前に知れたし」

「だな。もし俺が、ちゃんとお前に小春ちゃんとは小さい頃を共に過ごした仲だと伝えなかったら……。また、失敗してた」

「かもね。あ、そうだ。また勘違いしないためにもさ、一つ聞いて良い？」

「存分に聞いてくれ」

「小春ちゃんと小さい頃に面識があるってことは日和《ひより》さんともあるの？」

「それに関して説明するのはちょっと長くなるがちゃんと説明するか……」

　俺は小春ちゃんと日和さんを取り巻く家庭環境を説明した後、日和さんと俺の関係を締めくくる一言を真冬にハッキリと言う。

「という訳で、日和さんと俺は普通に最近までは見知らぬ人だった。以上」

「なるほどね。親が離婚してた。でも、よりを戻した。小春ちゃんと日和さんは実の姉妹なのは変わらないと……」

　理解した真冬はうんうんと頷《うなず》いてる。どうやら上手《うま》く説明できたようで一安心だ。

　夜も更《ふ》けて来たし立ち話は終わりにしてさっさと帰ろう。

「あ～あ。朝倉先輩に飲まされてふらふらで倒れそ」

　白々しい演技をし始めた真冬。

「ったく。お前の様子からして、一滴もお酒を飲んでないのはわかってるぞ？」

「……演技じゃない」

「おう、そうかそうか」

駅に向けて歩くなか、横を歩く真冬は俺の方を見ずにこう言うのだ。

「キスして良い？」

「え？」

「あ、うん。やっぱダメだよね……」

すぐに諦めた顔でやっぱなしと言う真冬。

今の俺達はシェアハウスで暮らす友達だ。

キスなんて許されるわけがないとわかっていようが、止まれなかった。

「こっち向け」

「え、あっ。なんか、初めての時のキスよりドキドキかも」

やたらと意識させるようなことを言う生意気な口を俺は塞ぐ。

誰かに見られるのは嫌なのですぐに離れた。

たった数秒なのに初めての時に負けない位胸が高鳴っている。

「は～。やっちまった。今の俺は酔ってるからしょうがないよな」

「酔ってるからね。しょうがないよ。それにしても、ちょっと疲れちゃった」

真冬は疲れたと言い、悪びれない顔で裏路地にある休憩所に視線を向ける。

「さすがにそれは駄目だろ。一応、俺達は友達だ。今は諦めろ」

「あはは、悠士とよりを戻す約束を果たすのが先だよね。という訳で、悠士は何が私達をダメにしたのか気が付いた？」

「しっかり向き合えてなかった。ほんと馬鹿だよな。お前と別れたくないってのに、お前との思い出を綺麗《きれい》なままで終わらせようとすぐ諦めた。俺は傷つく自分が嫌で浮気《うわき》を問い詰めることもせず逃げただけだった」

「やめてよ……。格好良いこと言い過ぎないで。最近は本当に悠士が素直すぎてドキドキしっぱなしなのに……ほんとダメだから……」

「俺はいつも素直だ……。いや、俺も意外と素直じゃなかったのかもな」

「ま、まぁ、私よりは素直だと思うよ」

「それはそうだろ」

「そこは、いやいや真冬は素直な子って言ってくれる所じゃないの？」

街灯と星空の明かりがひときわ輝く夜。

真冬と俺は手を繋ぎながら歩き続けた。

エピローグ

最近の俺と真冬《まふゆ》の仲はすこぶる良好と言っても過言ではない。

同棲がなぜ失敗したのか、馬鹿正直に反省し前へ進もうと必死だ。

わざわざ俺の部屋で反省会をするほどにだ。

ま、反省会と言っても、別に議長がいて議題があるわけでもなく、ただ一緒にアニメを見ながら、互いに抱いている後悔を語り合い再発防止策を考えるだけだ。

よくアニメに夢中になってしまい反省会だってことを忘れるけど。

もはやただのアニメ鑑賞会と言っても良いような反省会は、夜な夜な俺の部屋で行われることがほとんどだ。

当然、俺も真冬も深夜となれば眠い。

そして、今日。とうとう真冬は俺のベッドの上で寝落ちしてしまった。

「いつかこうなると思ってた」

やれやれと言わんばかりにすやすや眠る真冬を見やる。

ベッドの上には真冬。一体、俺はどこで寝れば良いんだ？

共用スペースであるリビングのソファー？

いや、あそこで寝ると日和《ひより》さんにこう言われるはずだ。

『共用スペースで寝ないこと！　次見つけたらお説教ですよ？』

日和さんは管理人としての責任を抱えているせいか、そういうことに人一倍厳しいのだ。

寝る場所が無くて困っている俺はいつの間にか堂々と眠っていた真冬を叩《たた》いて起こす。

「おい。真冬。起きろ」

「ん～。あと5分……で帰るし……」

眠りも浅く真冬は動きを見せる。

こいつの5分は永遠になりがちなので、時間を待たずしてさらに揺さぶって覚醒を促す。

「ほら、起きろって。俺が寝る場所がないだろうが。寝てると、色々触るぞ？」

「……うう。やだ」

「だったら、早く自分の部屋へ帰れ」

「良《い》いじゃん……。ベッドの上なんだし」

意識はあるが寝ぼけてるのか話が通じない。

はあ……。こうなったら、俺が真冬の部屋のベッドで寝てやろう。

どうせ、ポケットに部屋の鍵を入れてるんだろうしな……。

「鍵借りるからな」

断りを入れベッドで眠る真冬のポケットをまさぐろうとする。

が、真冬に寝返りを打たれポケットに手を突っ込むなと言わんばかりなガードポジションへ。必死に真冬の部屋の鍵を奪おうとするも失敗に終わった……。

そもそも俺が真冬の部屋で寝て、真冬が俺の部屋で寝る。

他の住人にバレでもしたら、元恋人同士であったことを説明せずに納得して貰《もら》うのは不可能だろう。

「はあ……。明日、日和さんに怒られるの覚悟でソファーにいくか」

真冬への嫌味ったらしい憎まれ口を叩く。これで起きてくれたら儲《もう》けもんだ。

「普通に寝れば良いじゃん……。何、私と寝られないって酷《ひど》いじゃん……」

「はい？」

「んっ」

真冬はベッドの片側に寄った。

まるで、横で寝て良いよと言わんばかりに。

真冬の格好は薄手のキャミソールとショートパンツ。すっかり暑くなったせいか、真冬は愛用のスウェットを脱ぎ捨てた。まあ、エアコンをガンガン効かせるようになったら、スウェットに戻るんだろうけど。

そんな際《きわ》どい格好をした真冬と一緒に寝ても良いものなのだろうか？

が、俺も真冬とキスをして以来、たがが外れ掛けているのか、遠慮なく真冬の横に寝そべった。

真冬が布団《ふとん》を背にして寝たせいで、俺も布団を背にして。

ぺちゃんこになるから布団を背中に敷いて寝るのは好きじゃないんだよなあ……。

「真冬……。おやすみ」

「おやすみぃ……悠士《ゆうじ》……」

すでに色々なことを経験してきたせいか、随分と余裕がある俺。

初めては顔から火が出そうだったが、今や涼しい顔をして一緒に眠ってる。

それが面白くてしょうがなく、ふっと鼻で笑ってしまう。

「ったく。一応、俺達は友達なんだぞ？　ベッドに誘うなっての」

文句を言いながら、俺は横で眠る真冬の鼻をつまんでやった。

同棲《どうせい》していたときに、いびきがうるさいと言われてつままれた仕返しだ。

「んぐっ……」

鼻呼吸が出来ずに苦しそうな吐息が漏れ出る。

さすがに苦しませる趣味は持ってないので、すぐにつまんだ鼻を放した。

ちょっとアホっぽい声を出したのが可愛《かわい》くて笑みが零《こぼ》れてしまう。

ほんと、何が悪かったんだろうな。

狭苦しいベッドで真冬と体をくっつけながら眠りに就くのだが……。

「罪悪感がやばいな……」

今は友達な真冬と一緒に眠るという後ろめたさのせいで、中々に寝付けないのであったとさ。

＊

白っぽい太陽の光がカーテンから差し込む朝。

目を擦りながら俺は体を起こす。

どうやら、俺の動きを察知し真冬も起きたようだ。

そりゃ、一人用のベッドだ。体なんて思いっきり触れ合ってるからな。

「おはよう。よく眠れたか？　真冬」

「お、おはよ」

引きつった笑顔で挨拶をしてくれる真冬。

数秒経《た》つと頭を抱えて小さな声で嘆きを訴える。

「あぁ……」

「寝ぼけてたとはいえ、友達である俺を一緒のベッドで寝れば良いじゃんと誘ったのは忘れてないよな？」

全部説明してやった。まさか、何も覚えてないとは言わせないぞ？

結局、真冬の誘いでベッドに入ったものの、罪悪感で全然寝られなかった仕返しだ。

「だって、寝ぼけてたから……」

「まあ、俺も誘いに応じちゃうあたりあれだから今回は許す」

「でも、自己嫌悪《けんお》で死にそう……。うまくいかなくなった理由のすべてを知ったわけじゃないのに、また関係を持っちゃうとか後先を考えてない馬鹿じゃん……」

「ん？　どうした」

真冬は愛想笑《あいそわら》いを浮かべた後、自分の体をじっくりと見つめ始める。

「し、してないの？」

「なにが」

「も、もしかして、一緒に寝てただけ？」

どうやら真冬は俺が思っている以上にやらかしてると勘違いしている様子。

よしっ。からかってやろう。

高校生のときは陰キャを極めていた俺は真冬に良いようにやられていたし。

「俺は寝込みを襲うような奴《やつ》じゃない。何を勘違いしてたんだ？」

ニヤニヤした笑みで見つめてやると、真冬はちょっと恥ずかしそうに布団を被《かぶ》った。

「一緒のベッドで寝てたらしちゃったって思うじゃん……」

ぼそぼそと布団の中から聞こえてくる声。

それを笑っていたときである。部屋の外から元気な子の声が聞こえてきた。

「悠士先輩！　小春《こはる》ちゃんが起こしにきましたよ！」

大学生は朝に弱い生き物。１限から卒業に関わる必修単位の講義がある曜日は遅刻したらヤバいので、高校に行く前に声を掛けて貰うことになってる。

「あ、ああ。お、起きてるぞ」

真冬が俺のベッドの上で寝ている現場を見られたら終わる。

変に声が震えてしまったせいか、小春ちゃんに付け入る隙を与えてしまう。

「え～、なんか慌ててません？　私に見られたらダメなこと、しちゃってました？」

超ニコニコであろう小春ちゃん。

さっさと行ってくれと願いながらも、念のため布団を捲《めく》り、中に隠れていた真冬に静かにしとけとアイコンタクトを送る。

「何にもやってないって」

「本当ですかね～。悪いことしてないか確認するため突撃です！」

ドアノブをひねる小春ちゃん。

「あ、開いてますね。もう、不用心ですね。当然、開くわけが見られたくない物は隠してくださいね！」

真冬が来てたし、部屋の鍵は閉めてなかったか……。

俺は真冬を覆い隠してるため不自然に膨らんでいる布団の違和感を消すためにも、自身の体を布団にすっぽり収める。

人が二人も入ってる布団。

多少膨らみ方が変だが、触られでもしない限りバレないくらいではある。

バン！　と勢いよく部屋のドアが開いた。

「おはようございま～す！　鍵が開いてたのでお邪魔しちゃいました！」

「おはよう。小春ちゃんは朝から元気だな」

「はは～ん。夏なのに布団をガッツリ被っちゃって～。さてはその下はさぞ凄《すご》いことになってると見ました。これは10秒待ってなかったら、私は凄いものを見たかもしれませんね！」

「ちょっと肌寒かっただけだ」

肌寒いと言うとほぼ同時に布団の中にいる真冬がぎゅっと俺の方に体を近づける。

息の熱を感じるくらいに顔までもを俺の体に密着させてきた。

静かにしとけと布団の中に手を入れて落ち着かせようとするのだが……。

いたずら心が働いたのだろう。

真冬は俺の指をぺろっと舌で舐《な》めた。

「お、ぉぉう」

「おや？　悠士先輩。変な声が出ましたね。どうしましたか？」

「い、いや、な、何でもない」

「え～、本当ですかあ？」

怪しむ小春ちゃん。さすがに真冬もこれ以上ふざけるのは不味《まず》いと思ったのか静かだ。

「寒くて震えただけだって」

「確かにもう暑くなってきたと思ってたのに、今朝はちょっと寒かったです。ま、冗談はこれくらいで終わりにしましょう。からかってすみませんでした。それでは私は学校へ行ってきますね。悠士先輩も講義に遅刻しちゃダメですよ？」

「ああ、気を付ける。小春ちゃん。いってらっしゃい」

俺と目を合わせ挨拶した小春ちゃんはご機嫌な顔で高校へ向かった。

「ふぅ……」

真冬と一緒のベッドで寝ているのを目撃されるかと焦っていた俺は一息吐く。

布団で姿を覆い隠している真冬の様子を窺うべく、ぺらっと捲った結果。

「んふふっ」

ご機嫌そうに顔を俺の体に押し当て匂いを満喫してる変態がいた。

「はっ。きゅ、急に捲らないでよ⁉」

氷室《ひむろ》真冬という生き物は俺の匂いを嗅ぐのが好きなのはよ〜く知ってる。

酔ったときに俺におんぶさせるのも、抱き着きながら謝るのも、そのすべては俺の匂いを嗅ぎたいという欲求を満たすためなのである。

本人は認めないだろうが確認してみるか。

「手を突っ込んだら、いきなり俺の指を舐めたことに対して色々と言いたいが、その前に一つだけ確認させて欲しい」

「なに？」

「真冬ってさ、匂いフェチだよな？」

「ち、違うし。別に君の匂いなんて全然好きじゃないけど？」

「ぷっ。ああ、そうだな」

再会してちょっとずつ素直になってきた真冬。

だけど、まだまだ素直じゃない所が堪《たま》らなく可愛くて笑ってしまう。

「本当だし。君の匂いを嗅いでると落ち着くとか全然思って無いからね？」

可愛い元カノと俺のリスタートはまだまだ始まったばかりだ。

了

あとがき

初めましての方は初めまして、お久しぶりの方はお久しぶりです。作者のくろいです。

早速ですが、あとがきらしく裏話でもさせて頂こうかなと。

この作品が生まれた背景は結構単純なもので次の作品は「シェアハウス」を舞台にしようと決め、いくつもの別案や設定の変更などを経て生まれたのが、『シェアハウスで再会《さいかい》した元《もと》カノが迫《せま》ってくる』という作品です。

シェアハウスものの別案もあって、せっかくなのでこの機会にご紹介させてください。

お金が無くて初期費用の安いシェアハウスに住むしかなかった主人公の話。

テレビ番組の企画でシェアハウスに半ば強引に住まわされた芸能人の卵達の話。

シェアハウスに住んでるヒロイン達に一緒に住んで欲しいと頼まれる主人公の話。

祖母の遺産として引き継いだ古民家をシェアハウスに改造し頑張る話。

シェアハウスの管理人として雇われ、掃除炊事を仕事としてしている主人公の話。

などなど。

『シェアハウスで再会した元カノが迫ってくる』という作品の案が生まれるまでに幾つもの違う案が存在していたわけです。設定段階から割と力を入れた作品だからこそ、皆様の思い出に残るような作品になれたのなら嬉《うれ》しい限りです。

さて、作品が生まれた背景についてはこのくらいにしておきまして、この作品を書く上で一番大事にしていたことについて語らせてください。

ずばり、主人公とヒロインの距離感です。

喧嘩《けんか》してるわけでもなく、仲が悪いわけでもなく、とはいえ付き合っているわけでもない。だけど、互いにまだ気になってる。そして、踏み出す覚悟ができず、うじうじしてる。

そんな二人の距離を大事に描かせて頂きました。

最後に謝辞です。

イラストレーターのにゅむ先生。ヒロインである真冬を始めとした可愛《かわい》いキャラクターをたくさん描いて頂きありがとうございます。

担当のＳ様。色々と相談に乗って頂きありがとうございました。

この作品に携わってくださった皆様方、本当にありがとうございました。

くろい

お便りはこちらまで

〒一〇二―八一七七
ファンタジア文庫編集部気付
くろい（様）宛
にゅむ（様）宛

富士見ファンタジア文庫

シェアハウスで再会《さいかい》した元《もと》カノが迫《せま》ってくる

令和3年1月20日　初版発行

著者——くろい

発行者——青柳昌行

発　行——株式会社KADOKAWA
〒102-8177
東京都千代田区富士見2-13-3
0570-002-301（ナビダイヤル）

印刷所——株式会社暁印刷

製本所——株式会社ビルディング・ブックセンター

※定価はカバーに表示してあります。
●お問い合わせ
https://www.kadokawa.co.jp/（「お問い合わせ」へお進みください）
※内容によっては、お答えできない場合があります。
※サポートは日本国内のみとさせていただきます。
※Japanese text only

ISBN978-4-04-073959-5 C0193

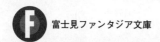

2人の女子高生と始める、
新しい日常──。
ひまり
家出中の JK。
街で困っていたところを主人公のサラリーマン・駒村に助けられ家に転がり込む。
奏音
駒村の従妹。
ワケあって同居を始める。
見た目は派手だが、
家事が得意な一面も。

1LDK、そして2JK。

福山陽士
イラスト／シソ

世界最強の
“不可能任務”に挑む少女たちの
痛快スパイファンタジー！
スパイ教室
竹町
illustration
トマリ